共和国故事

发展动力

——西电东送工程开工建设

张学亮 编写

吉林出版集团股份有限公司

图书在版编目（CIP）数据

发展动力：西电东送工程开工建设/张学亮编. —

长春：吉林出版集团股份有限公司，2009.12

（共和国故事）

ISBN 978-7-5463-1850-9

Ⅰ．①发… Ⅱ．①张… Ⅲ．①纪实文学 – 中国 – 当代 Ⅳ．①I25

中国版本图书馆 CIP 数据核字（2009）第 233796 号

发展动力——西电东送工程开工建设

FAZHAN DONGLI　　　XI DIAN DONG SONG GONGCHENG KAIGONG JIANSHE

编写　张学亮

责任编辑　祖航　李娇

出版发行　吉林出版集团股份有限公司

印刷　三河市嵩川印刷有限公司

版次　2010 年 1 月第 1 版　　　2022 年 1 月第 8 次印刷

开本　710mm×1000mm　1/16　　　印张　8　字数　69 千

书号　ISBN 978-7-5463-1850-9　　　定价　29.80 元

社址　吉林省长春市福祉大路 5788 号

电话　0431 – 81629968

电子邮箱　tuzi8818@126.com

前　言

自 1949 年 10 月 1 日中华人民共和国成立至今,新中国已走过了 60 年的风雨历程。历史是一面镜子,我们可以从多视角、多侧面对其进行解读。然而有一点是可以肯定的,那就是,半个多世纪以来,在中国共产党的领导下,中国的政治、经济、军事、外交、文化、教育、科技、社会、民生等领域,都发生了深刻的变化,中国人民站起来了,中华民族已屹立于世界民族之林。

60 年是短暂的,但这 60 年带给中国的却是极不平凡的。60 年的神州大地经历了沧桑巨变。从开国大典到 60 年国庆盛典,从经济战线上的三大战役到经济总量居世界第三位,从对农业、手工业、资本主义工商业的三大改造到社会主义市场经济体制的基本确立,从宜将剩勇追穷寇到建立了强大的国防军,从废除一切不平等条约到独立自主的和平外交政策,从"双百"方针到体制改革后的文化事业欣欣向荣,从扫除文盲到实施科教兴国战略建设新型国家,从翻身解放到实现小康社会,凡此种种,中国人民在每个领域无不留下发展的足迹,写就不朽的诗篇。

60 年的时间在历史的长河中可谓沧海一粟。其间究竟发生了些什么,怎样发生的,过程怎样,结果如何,却非人人都清楚知道的。对此,亲身经历者或可鲜活如昨,但对后来者来说却可能只是一个概念，对某段历史的记忆影像或不存在，或是模糊的。基于此，为了让年轻人，特别是青少年永远铭记共和国这段不朽的历史，我们推出了这套《共和国故事》。

《共和国故事》虽为故事，但却与戏说无关，我们不过是想借助通俗、富于感染力的文字记录这段历史。在丛书的谋篇布局上，我们尽量选取各个时代具有代表性或深具普遍意义的若干事件加以叙述，使其能反映共和国发展的全景和脉络。为了使题目的设置不至于因大而空，我们着眼于每一重大历史事件的缘起、过程、结局、时间、地点、人物等，抓住点滴和些许小事，力求通透。

历史是复杂的，事态的发展因素也是多方面的。由于叙述者的视角、文化构成不同，对事件的认知或有不足，但这不会影响我们对整个历史事件的判断和思考，至于它能否清晰地表达出我们编辑这套书的本意，那只能交给读者去评判了。

这套丛书可谓是一部书写红色记忆的读物，它对于了解共和国的历史、中国共产党的英明领导和中国人民的伟大实践都是不可或缺的。同时，这套丛书又是一套普及性读物，既针对重点阅读人群，也适宜在全民中推广。相信它必将在我国开展的全民阅读活动中发挥大的作用，成为装备中小学图书馆、农家书屋、社区书屋、机关及企事业单位职工图书室、连队图书室等的重点选择对象。

编　者
2010 年 1 月

目 录

一、 发展战略

● 江泽民说："加快发展西部地区可以促进各种资源的合理配置和流动,为国民经济的发展提供广阔的空间和巨大的推动力量。"

● 钱正英说："实施'西电东送'工程应该成为国家实施西部大开发战略中的一项重大举措。"

● 张春园说："积极开发我国西南水电,实施'西电东送'是开发西部、实现全国电力资源优化配置的一项战略性举措,建议国家将其列为西部开发的重点……"

中央确定电力发展战略

1998 年，党中央、国务院作出指示：

> 调整电力结构，促进产业升级是 21 世纪初期电力工业的首要任务。

自新中国成立以来的半个世纪中，党中央、国务院一直把电力工业作为国民经济的先行工业，经过大规模经济建设，形成了一套比较完整并具有相当规模的电力工业体系。

从 20 世纪 70 年代初开始，中国出现缺电情况，持续了 20 多年，许多地区出现了"开三停四"的局面。

20 世纪 70 年代后期，中国就在电力发展的政策中明确提出：

> 发展大电站、建设大型水电和火电基地、
> 发展电网、实施大型水电和坑口电厂向外送电。

这个向外送电的原则，实际上就是"西电东送"。

专家指出，这种局面的出现是由多种原因造成的，从根本上看有两条：

1. 长期计划经济体制所造成的社会资源配置不合理，资金不能自由地流向电力建设领域，造成电力建设资金长期短缺，制约了电力工业发展。

2. 改革开放以来，国家百废待兴，资源短缺特别是资金严重短缺，使需要密集资金投入的电力等基础设施的建设由国家一方承担难以承受。

专家认为，电力短缺是必然的，也是发展中国家在经济开始起飞阶段所必须面对的现实问题。电力是这样，交通、通信等其他基础设施也是如此。

改革开放以来，电力工业以集资办电为突破口，充分调动各方面办电的积极性。确立东、中、西区域，划分长江、黄河、珠江3个经济带，根据沿渤海、长江三角洲和珠江三角洲发展经济的理论，开始在电力方面规划十大水电基地和十大火电基地。

在电网建设上，20世纪80年代初开始部署葛洲坝水电向华中、华东送电，开发红水河水电向广东送电，开发黄河上游水电和陕西、内蒙古西部、山西火电及内蒙古东部火电向华中、华北及东北送电等工作。

1982年，国务院作出加快开发红水河的重要批示：

开发红水河的丰富水力资源，是解决华南地区能源问题的一项战略性措施，应当列入"六五"计划和长远规划，有计划、有步骤地进行。红水河的开发方针，总的以发电为主，兼顾防洪、航运、灌溉、水产等综合利用……

1982年全国计划会议和1983年全国电力建设会议后，我国北部地区的"西电东送"开始了。

同时，1984年开始在华北投产的山西大同、神头电厂，先后建设了大同至房山的两回500千伏线路，实现了"西电东送"。

1984年，赤峰元宝山电厂开工建设，东北电网开始建设的元锦辽海国产500千伏输变电工程及20世纪90年代建设的向大庆、哈尔滨等地区送电的伊敏电厂，构成了北部通道东北地区的"西电东送"。

1986年，葛洲坝至上海的直流输电工程开工建设，1989年建成，1990年投入运营送电，从此实现了我国中部通道的"西电东送"。

1988年，党中央、国务院决定实施"西电东送"，把西部资源优势化为经济优势，让东部经济获得资源后劲。决定一出台，立即得到各方面的响应。

同年，能源部、国家能源投资公司、广东省本着"合作办电，中央支持，远近结合，水火并举，互利互惠，共同发展"的原则，分别与云南、广西、贵州等省、区协商签订了曲靖、安顺、盘县和天生桥水电开发等 4 个协议和龙滩水电的建设意向书。

1989 年，北京与内蒙古联合办电，由内蒙古丰镇电厂等向京津唐电网送电，至此初步形成了北部通道的"西电东送"格局。

进入 20 世纪 90 年代，浙江秦山核电站和广东大亚湾核电站相继建成投入商业化运行，改变了长期以来中国无核电的局面。

1991 年，实施"西电东送"南部通道建设的中国南方电力联营公司成立，"西电东送"南部通道建设步伐加快。1993 年 8 月，"西电东送"南部通道工程成功联网运行。

1993 年 8 月，天生桥电站投产、天广交流和鲁布格至天生桥线路建成，南方四省、区实现了联合运行，即南部通道的"西电东送"。

1994 年 12 月 14 日，开工建设的举世瞩目的长江三峡工程，成为世界上最大的电站。

当时，电源建设高速发展，中国电网从发展城市孤立电网开始逐步形成地区电网，再发展成省内电网，进而发展为大区电网。

中国就此形成了东北、华北、华中、华东、川渝、南方四省 500 千伏跨省、市主干电网和山东的 500 千伏电网及西北结构紧密的 330 千伏电网。

三峡工程正式开工和与之配套的三峡输变电工程逐

步建成投产，形成了中国坚强的中部电网，成为全国联网的核心。

20 世纪 90 年代末，党中央根据邓小平关于我国现代化建设"两个大局"的战略思想，提出了西部大开发的重大战略决策。

1998 年，国务院作出重要指示：

把城市电网建设和改造作为加强基础设施建设的重要内容，计划用 3 年左右的时间共投入 3000 亿元，建设和改造全国 2400 多个农村电网和 280 个地级以上城市电网，以改善城乡供电，开拓电力市场。

电力工业通过实行多家办电、利用外资办电等多种手段，经过几个"五年时期"的不懈努力，使电力短缺局面在"九五"期间实现了根本性改观，实现了广大电力职工长期为之奋斗、全国人民梦寐以求的战略目标。

1998 年 3 月，九届全国人大会议通过决议撤销电力部，完成了政企分开的改革，政府职能移交国家经贸委，行业职能移交中国电力企业联合会，国家电力公司按照商业化的要求开始实体化运作。

"西电东送"作为西部大开发的标志性工程，又获得了历史性的发展机遇，西部电源点开发和"西电东送"通道建设步伐大大加快。

1999 年 6 月 17 日，江泽民在西安举行的西北五省（区）国有企业改革和发展座谈会上，就加快中西部地区发展发表重要讲话。

江泽民说：

> 中西部地区范围很大，如何加快开发，要有通盘的考虑。加快西部地区的经济发展，是保持国民经济持续快速健康发展的必然要求，也是实现我国现代化建设第三步战略目标的必然要求。西部地域广大，自然资源丰富，有巨大的发展潜力，也是一个巨大的潜在市场，加快发展西部地区可以促进各种资源的合理配置和流动，为国民经济的发展提供广阔的空间和巨大的推动力量。

同年 10 月 21 日至 30 日，为了贯彻落实江泽民关于实施西部大开发的指示精神，国务院总理朱镕基继赴陕西、云南、四川考察工作之后，又赴甘肃、青海、宁夏进行实地考察和调研。

朱镕基在甘肃省委书记孙英、省长宋照肃，青海省代省长赵乐际，宁夏回族自治区党委书记毛如柏、自治区主席马启智等人的陪同下，先后考察了曾经是"苦甲天下"的甘肃定西地区的小流域治理、兰州和西宁两市绿化工程以及宁夏扶贫扬黄灌溉工程等，就实施西部大

发展战略

开发战略，特别是加强生态环境保护和建设工作与三省（区）干部群众交换意见，共商加快西部地区发展的大计。

朱镕基强调：

实施西部地区大开发战略是一项长期而又艰巨的伟业，也是一个规模宏大的社会经济系统工程。既要有紧迫感，又要从长计议，坚持从实际出发，按客观规律办事。要突出重点，因地制宜，有所为、有所不为，有计划、有步骤地推进。要采取适应改革开放新形势的新思路、新机制、新办法。

2000年2月17日至24日，全国政协副主席钱正英率领全国政协人口资源环境委员会的部分委员和专家，到云南、贵州、四川三省进行调研。

钱正英曾任水利部部长，对西南地区水电资源情况十分了解。在贵州省考察时，她对贵州省政协主席王思齐说："我国西南地区水电资源十分丰富，但开发不够，东部地区经济发达，但缺乏能源，积极开发西南水电资源，实施'西电东送'工程应该成为国家实施西部大开发战略中的一项重大举措。"

钱正英这次到西南调研，就是为了准备提出"西电东送"这方面的建议。钱正英考虑到王思齐在贵州工作多年，又是地方政协主席，她希望在全国政协九届三次会议上，能由王思齐牵头她参与，共同提出建议国家大力开发西南水电资源、实施"西电东送"工程的提案。

王思齐对钱正英的这一建议十分高兴和感动。

王思齐大学毕业后就到贵州工作，贵州是他的第二故乡。在贵州工作的 40 多年时间里，王思齐对贵州水电资源丰富但还未能很好开发的情况感受很深，若能开发这一资源，将对贵州省经济社会发展起到很大的推动作用。

于是，王思齐欣然赞成，并对钱正英说："您能够参与提这个提案实在太好了。"同时，王思齐向钱正英提出："像这种事关国家发展大局的重大提案，最好能由曾担任过中央有关部委领导的同志牵头署名，我参与并负责提供贵州的有关材料。"

钱正英说："开会时我们再具体商议。"

政协委员提案"西电东送"

2000年3月3日至14日,全国政协九届三次会议在北京召开。

会上,全国政协副主席钱正英分别与贵州政协主席王思齐,国家水利部副部长张春园,中科院院士、国家电力公司总工程师潘家铮,三峡工程总公司副总经理袁国林等全国政协委员一起商议"西电东送"问题,并决定由张春园为第一提案人,5个人共同署名,在会上正式提出建议国家实施"西电东送"工程的提案,及时报到大会提案组。

在这份提案里,提出了实施"西电东送"工程的五大好处:

一是有利于促进东西部地区优势互补,实现协调发展;二是有利于促进国家电力结构调整和电力资源优化配置;三是有利于促进江河治理;四是有利于促进我国生态环境的改善;五是有利于扩大内需,拉动经济发展。

在历数这些好处的基础上,提出五条具体建议:

1. 建议国家将开发西南水电资源，实施"西电东送"工程列为国家西部大开发的重点，有关部门要全面规划、科学论证、分步实施。2. 建议国家调整电力建设方针，优先发展水电，使用水电。要控制东部地区火电和核电建设，为开发西部水电，实施"西电东送"工程留出市场空间。3. 深化电力体制改革，为"西电东送"建立全国性电网创造条件。4. 对新建水电实行6%的增值税率。5. 多渠道筹集建设资金，建议国家发行长期国债和企业债券，专项用于"西电东送"工程。

这份提案上报后，立即引起很大反响。全国政协提案委员会将这份提案列为在全国政协九届三次会议上现场协商办理的头号重要提案。

3月9日，现场协商办理会在全国政协机关召开，钱正英、陈锦华、中共中央办公厅、国务院办公厅、国家计委、国家电力部、水利部，以及贵州、四川、云南三省省委、省政府主要负责同志参加了会议。全国政协提案委的人员和其他几位提案人也参加了会议。

在讨论关于"西电东送"提案的时候，钱正英说："'西电东送'具有战略意义。"

钱正英在"两会"召开前几天，仍然奔波在西部的大江大河之间，组织一个关于"西电东送"的可行性调查。

钱正英这位水利部老部长有一个心愿，她说：

在"十五"计划期间，开始实施"西电东送"计划，使水利成为开发西部、连通东西部经济的动脉。

当时全国有句顺口溜：

西南江河滚滚流，流的都是煤和油。

西部大开发是 2000 年 3 月"两会"热点，而"西电东送"则是开发的热点。

3 月 9 日，钱正英与全国政协副主席陈锦华一道，早早来到全国政协常委楼第十会议室。

9 时，全国政协办公楼第十会议室气氛热烈。全国政协副主席钱正英、陈锦华和全国政协常委、委员与国务院 18 个部委和西南云南、贵州、四川三省的领导人一道对"西电东送"协商办理进行座谈。

除参会人员外，会场内外还拥挤着关注"西电东送"的新闻记者 100 多人。

会议主持人全国政协常委、提案委员会主任何光远非常高兴，他说："如此多的人关注一个提案，这还是第一次。"

全国政协委员、人口资源环境委员会副主任张春园作为《关于开发西南水电，实施"西电东送"案》的第一提案人首先发言，对实施"西电东送"在开发西部、连通东西部经济的战略意义进行了阐述。

张春园说：

> 我国西南地区水力资源丰富，缺乏开发；东部地区经济发达，缺乏能源。积极开发我国西南水电，实施"西电东送"是开发西部、实现全国电力资源优化配置的一项战略性举措，建议国家将其列为西部开发的重点……

随后，张春园又讲述了开发西南水电实施"西电东送"的重要性、紧迫性：

> 我国西南地区水资源十分丰富……西南地区大部分水电站具有淹没损失小，开发条件好，经济指标优越等优点……积极开发西南水电，可以迅速带动西部交通、水泥、钢材、机电制造等行业的发展。
>
> 我国东部地区缺乏能源，电力以火电为主……开发西南水电实施"西电东送"，不仅可以解决东部地区发展的电力需求，而且有利于改善东部地区的生态环境。

开发西南水电实施"西电东送",促进全国性电网的建立,电力资源可以在全国范围内进行优化配置,发挥水火互补、东西互补、南北互补的作用,这将为国家创造巨大的经济效益。

西南地区的水电站大多位于长江、珠江干支流上,不仅具有发电效益,而且还有防洪、供水、灌溉、航运等综合效益,开发西南水电可以促进江河治理。

水电是清洁能源,积极开发水电将有利于我国生态环境的改善。

这将有力地扩大国内需求,拉动经济发展,解决职工就业问题。有利于实现全国电网互联,在更大范围内实现资源优化配置,实现电力工业的可持续发展……

得知政协九届三次会议期间将召开"西电东送"提案协调会,云、贵、川三省都非常重视,纷纷派本省有关部门负责人携带了一批资料来北京。这三省的政协委员也都不约而同地提交了有关"西电东送"的建议案。

为了引起足够重视,西南三省领导各显其能,有的带了全套水利图,有的使用现代化的电脑投影仪,详细介绍本省水利资源情况。

他们表示,经过科学预测,如果开发3000万千瓦装机容量,将对扩大内需、拉动经济增长具有全局作用。

云南省委书记、省政协主席令狐安建议，尽快成立"西电东送"协调领导小组，全面规划、科学论证、协调利益、合理开发。

这个建议立刻得到参会人士的一致赞同。

中国三峡工程总公司副总经理袁国林认为，实现"西电东送"资源上没问题，关键是从可持续开发的大局出发，协调好东西部电力生产与使用的关系，解决"西电东送"的市场问题。

全国政协收到 4 份关于"西电东送"的提案，来自四川的政协委员撰写了 3 份。

全国政协常委、四川省政协主席聂荣贵，全国政协常委、四川省政协副主席吴正德，分别对提案进行了说明。

四川省副省长邹广严、四川省电力局局长石万俭进行了补充：

> 四川水利资源得天独厚，可供发电一亿千瓦以上，占全国的 70% 以上。
>
> 四川具有加快水电开发的优势，三峡水利枢纽的建设和目前超高压远距离输电线路的建设，为"西电东送"提供了条件……
>
> 总之，四川作为西部最主要的水能资源大省，应当成为"西电东送"的主要战略基地。

听了关于提案的说明，各部委纷纷表态。

国家计委副主任张国宝说：

> 国家对"西电东送"工作高度重视，朱镕基总理今年春节期间在西南考察时与西南省区领导专门就此进行了长谈，回北京后，要求国家计委将"西电东送"列为"十五"计划重要内容之一。

张国宝同时透露，作为世界第一水能大国，"西电东送"非常重要；国家计委正在制订"十五"产业和能源结构调整的规划，"西电东送"的提出非常及时。他还透露，国家计委已经安排万县至宜昌 500 千伏变电工程建设立即开工，争取明年把四川的电送出去。

各有关部门负责人也表示，将大力支持"西电东送"项目实施。

国家经贸委副主任石万鹏、水利部副部长敬正书、国家电力公司副总经理周大兵等在座谈会上均表示坚决支持"西电东送"这一提案，并提出不少完善的建议。

听完委员的建议和各部委以及各省负责人的发言，全国政协副主席陈锦华说：

> 西部大开发就是要为西部开辟财源，"西电东送"就可以把资源优势变成经济优势。
>
> 东部的火电可以不建或少建，淘汰一些落

后的电厂，为"西电东送"提供市场空间，同时改革妨碍市场开放的电力体制。

陈锦华同时提醒大家，"西电东送"的提案引起各有关部门高度重视，希望大家要冷静下来扎扎实实做一些前期工作，解决市场、体制等问题。同时要对西部生态环境的变化进行研究，认真评估。

钱正英在总结讲话中，再次强调一个提案得到这么热烈的回应是第一次。这说明大家对"西电东送"形成共识，建议由全国政协主席会议讨论写成提交中央的重大提案。

钱正英认为：

中央作出开发西部的决策，西部地区的水电开发要提上议事日程，不能再拖延。

会场上响起热烈的掌声。大家对提案内容表示赞同，一致同意"西电东送"尽快动起来，并从不同角度表示将给予大力支持。

会后，全国政协将这一提案作为九届三次会议重要提案报送党中央、国务院，供决策参考。

党中央、国务院领导同志对这份提案高度重视，专门批转国家计委等有关部门办理。

3月13日，江泽民在参加人大甘肃代表团审议时说：

西部地区要调动各方面的积极性，通过深化改革，扩大开放，形成新的机制、新的方法，吸引人才，吸引资金，引进技术。要充分发挥自身特点，搞好基础设施建设，培育优势产业，发展科技教育，加强生态环境保护，使西部经济在新的世纪有更好更快的发展。

3月15日，朱镕基在刚刚闭幕的九届全国人大三次会议后出席记者招待会时表示：

欢迎海内外投资者特别是外国投资者参与中国的西部大开发，可以投资、控股，也可以参与管理。

西部大开发是一项非常艰巨的事业，需要一代人、两代人甚至几代人的努力。

为了加快西部地区发展。中国将实行与东部地区相似的对外开放优惠政策。中国欢迎外国的投资家和证券、银行、保险业到中国西部去发展。

同年7月，朱镕基到贵州省视察工作，他专门对"西电东送"的问题作出指示：

贵州能致富又能支持全国的，主要是电力发展。"西电东送"工程是西部大开发重点项目，必须全力以赴，按时完成。

8 月 21 日，国家计委提出正式办理答复意见，对政协的提案给予高度评价。并告知，中央原则同意将"西电东送"工程作为西部大开发战略重点工程的建议，将进一步制订规划，组织实施。

随后，"西电东送"工程正式列入国家计划，政协委员所提的建议大部分得到采纳。

11 月 7 日，国家计委和国家电力公司在贵州召开了黔、滇、粤、桂四省区负责人参加的"西电东送"工程工作会，明确西南地区"十五"期间向广东送电 1000 万千瓦的目标，其中贵州省送电 400 万千瓦。

自此，"西电东送"工程正式启动。

此后，王思齐又分别在全国政协九届五次会议和十届一次会议上牵头提出了"请国家进一步支持贵州'西电东送'工程的建议"，"请国家对贵州'西电东送'配套煤基地给予资本金注入的建议"等两份提案。

在九届五次会议期间召开的联组会上，王思齐又代表二组做了"关于加快'西电东送'工程建设的几点建议"的发言。

吴邦国、贾庆林等中央领导和有关部委负责人到会直接听取了意见。

召开"西电东送"战略研讨会

2000年4月初，为加强对"西电东送"工作的领导和协调，国家电力公司成立了"西电东送"领导小组。

成立"西电东送"领导小组，旨在贯彻国务院西部大开发战略，落实国家宏观经济调控部门有关"西电东送"的各项决定，研究决定国电公司"西电东送"的重大事项。

领导小组主要负责"西电东送"规划、项目前期、投资决策及项目实施过程中重大问题的领导和协调，以及"西电东送"经营计划、市场开发、电力营销等业务的组织与协调工作，并及时向国务院和国家宏观经济调控部门作出报告。

"西电东送"领导小组成员包括国电公司战略规划部等有关部门局和直属科研单位，以及西北电力集团公司、国电南方公司等16个单位的主要负责人。领导小组办公室设在国电公司战略规划部，周小谦兼任办公室主任，战略规划部主任姜绍俊兼任办公室副主任。

4月11日至12日，国家计委在北京组织召开"西电东送"发展战略研讨会。会上重点讨论了促进实施西部大开发战略，搞好电力"十五"计划和长远发展规划。

与会的专家学者和政府部门有关领导总结了近年来

在"西电东送"工作中的经验，分析了当时存在的问题和产生的原因，对实施"西电东送"战略提出了政策建议。

专家介绍说：

我国地域辽阔，能源资源分布极不均匀，水能资源大部分集中在西南、中南和西北地区，仅四川和云南两省的可开发装机容量就达 1.6 亿千瓦，约占全国的 43%，煤炭资源主要集中在华北和西北地区，仅山西、陕西、内蒙古西部这"三西"地区煤炭储量就达 6000 多亿吨，约占全国煤炭储量的 61%。

专家同时指出：

能源消费相对集中在经济发达的东部沿海地区，据初步统计，仅北京、天津、上海、江苏、浙江、山东、广东省、市电力消费就占全国电力消费总量的 37%。因此，水电的"西电东送"和煤炭的"北煤南运"是我国能源供给的主要流向。

全国政协副主席陈锦华，全国人大常委会委员、全国人大财经委副主任委员姚振炎，水利部部长汪恕诚，国家计委副主任张国宝，中国国际工程咨询公司副董事长张春园，中国国际工程咨询公司专家委员会顾问、原副董事长罗西北，国家电力公司副总经理赵希正、周大兵参加了会议。

张国宝在研讨会上指出：

"西电东送"是一项长期的战略任务，不能一哄而起，也不能一蹴而就，需要做好规划，研究好市场。

各地区要制定具体措施，促进"西电东送"战略的实施。要结合电力"十五"计划和长期发展规划，做好"西电东送"的规划和计划工作。

要认真研究和解决好目前"西电东送"工作中存在的问题，不能脱离实际，近期要研究二滩、天生桥、三峡等大型水电站的消化工作，在此基础上安排"西电东送"电力项目建设。

实施电力的"西电东送"战略是中国经济和社会发展的必然选择，是东部地区和西部地区共同发展的"双赢"战略，也是东部地区支持西部地区经济发展的具体体现。

当时，中国"西电东送"已初步形成了北、中、南三大输电通道的雏形，输送能力为670万千瓦左右，有力地支持了东部地区的经济发展。

张国宝指出：

> 要研究增强西电在电力市场中竞争能力的措施和政策，特别是税收、信贷政策一定要优惠，要充分发挥金融市场的作用，筹集电力建设资金，可以研究发行企业债券的措施，可以研究降低新建水电站增值税和所得税的具体办法。要加强宏观调控，使东部地区为西部地区电力开发腾出一定规模的市场空间，同时要加快"厂网分开"电力管理体制的改革步伐，促进"西电东送"战略的尽快实施。

8月21日，国家电力公司副总经理赵希正表示：

> "西电东送"工程市场广阔，资金充裕，前期工作充分，大规模实施的条件已基本成熟。

赵希正认为，当前"西电东送"已有初步的规模，在建工程进展顺利。通过天生桥、鲁布格、葛洲坝、蒙西、山西等电力开发及电网建设，已初步形成包括广东、广西、贵州、云南等电网的南方互联电网，实现了华东与华中电网的初步联网，扩大了华北电网。

当时，国家电力公司正抓紧进行三峡输变电工程建设。三峡水电站于 2003 年开始投产，2009 年全部建成。华北电网正在建设丰镇经张家口到北京的输电工程，预计 2000 年内建成投产，届时将提高蒙西"西电东送"的能力。

另外，经过多年规划，已在西部选择了龙滩、小湾、黄河公伯峡等一批大型水电站作为"西电东送"开发的重大项目。

这些项目前期工作充分，为西部电力开发和"西电东送"创造了条件。

赵希正说：

我国东部地区有广阔的电力市场需求。只要西部的电力有价格优势，在规划上进行较好的宏观调控，东部具有足够的市场空间来接纳西电。

二、 规划设计

● 2001 年 12 月 18 日，国家电网公司对西北地区"西电东送"的调研课题进行评审。评审肯定了电力外送分为三大通道的规划思路。

● 面对"西电东送"新电厂带来的环境压力，中国环境科学研究院的一位专家说："电厂开工之前我们必须做点什么。"

● 周大兵说："课题组提出的电力发展思路和规划安排设想符合国家西部大开发的战略要求，符合国家'西电东送'战略要求，也符合四省、区社会经济和一次能源资源的客观实际。"

国务院明确"西电东送"目标

2000 年 8 月，国务院召开总理办公会，会上明确提出"西电东送"的具体任务：

"十五"期间，"西电东送"向广东送电 100 亿瓦。

2000 年 11 月，全国人大常委会委员长李鹏提出建议：

"西电东送"期间，三峡电站向广东送电 30 亿瓦。

2000 年年底，国家电力公司根据这一任务和指示精神组织研究了向广东送电的问题，并向国家计委提出了报告，明确了"十五"期间向广东送电 100 亿瓦的五交流三直流送电方案，另加一回交流将鲤鱼江的电力送到广东韶关，并安排了相应的水电和火电电源的同步建设，达到 2005 年向广东送电 100 亿瓦以上。

同时，国家电力公司也部署研究了"西电东送"北部通道、中部通道的"十五"和 2010 年的规划。

2001 年年初，国家电力公司又部署开展了 2015 年、2020 年"西电东送"规划调研工作，并在 2010 年目标网架基础上开展了 2015 年目标网架的规划工作。

2002 年第三季度，这些规划研究工作都陆续完成，国家电力公司组织专家对上述调研报告和网架规划进行了评审。

"西电东送"规划的总体原则是依据全国资源优化配置原则和市场经济的基本规律确定的，规划同时提出了"西电东送"的具体内容：

统一规划东部和西部地区电源和电网，既要满足西部发展对电力的需求，又要尽可能扩大外送。

"西电东送"规划中要做到两个优先、一个同时，即优先建设电网，使电网适度超前；优先开发水电，加大水电开发力度；同时要加快开发有条件的煤电基地。

"西电东送"要求国家调控与市场调节相结合。规划东部电力时要留出吸收西部电力的市场空间；电力交易要符合市场规律，走法制化轨道。

切实加强送端电网与受端电网规划，"西电东送"的骨干电网规划、全国联网规划及各省区的电网规划相结合，一次输电网系统规划和二次通信系统等规划相结合，输电网规划和配电网规划相结合，确保整个电网安全稳定，使电力送得出、落得下、用得上。

推进科技进步，实现输变电技术升级，提高输电能力。

重视输变电工程建设及电源开发中的环境保护，采取节约用地，紧凑型输电走廊，减少砍伐等措施来减少对生态环境的影响。

规划最后作出总结，要通过"西电东送"战略的实施促进西部水力资源与大型煤电基地的开发，从而促进西部地区的经济发展，实现全国电力的可持续发展；推进全国联网，把我国电网建设成既是"安全、可靠、高效、开放"的电网，又是"结构坚强、潮流合理、技术先进、调度灵活、留有裕度"的电网。

2001年8月30日，国家电力公司在信息化工作会议上作出决定：

为保证我国经济可持续发展，防止电力再次成为国民经济发展的瓶颈，我国的西电东送和全国联网工程必须加快进行。

2001年前7个月，全国发电量完成8100亿千瓦时，同比增长8.1%；全社会用电量完成8050亿千瓦时，同比增长 8.3%。

电力供需总体上继续保持平衡，但是主要电网最高负荷增长较快，京津唐、浙江、上海、广东、深圳等地高峰时期电力供应比较紧张，河北南部已经出现拉闸限电。

国家电力公司领导在会上指出，"十五"期间，电力发展要保持增长 6%，才能保证我国国民经济增长和人民生活的需要。因此大力推进西电东送、南北互供和全国联网，以三峡投产为契机实现全国联网，实现资源的优化配置。

这位领导要求，为更好更快地实现"西电东送"、南北互供和全国联网的目标，现正在加紧建设向广东送电 1000 万千瓦，尽快落实开工一批电源项目，抓紧协调落实电力市场，签订送受电期货合同。

加紧准备一批黄河上游的水电项目，积极规划开发陕北煤电基地，建设更高等级的输电通道，以解决向北京和华北送电问题。加快研究和落实三峡电力、四川电力的消纳和外送问题。在实施"西电东送"的同时，充分考虑南北互供，抓紧进行跨区输电通道建设，加快推进全国联网。

专家对规划进行战略环评

2001 年 11 月 28 日，面对"西电东送"新电厂带来的环境压力，中国环境科学研究院的一位专家说："电厂开工之前我们必须做点什么。"

按照国家"西电东送"规划，在开始后的几年，云贵两省交界的狭长地带要新建 10 余座火电厂。而国内二氧化硫污染较重的城市安顺、都匀，恰巧都在那里。

很多人担忧："如此大规模地集中新建火电厂，会不会给当地脆弱的生态环境雪上加霜？"

于是，专家们为"西电东送"所作的环境影响评价，不是针对单个电厂，而是面向整个规划。国际上把这种对政策、规划进行的环境影响评价称为"战略环评"。

环境影响评价制度来源于 1969 年美国颁布的《国家环境政策法》。其核心就是要求建设单位在项目开工前要分析、评估项目可能带来的环境影响，并采取能减少环境负面影响的措施。

国际社会认为，"环评"制度是 20 世纪最成功的"政策创新"之举，已经有 100 多个国家、地区和国际组织采用了这项制度。

多年来，英国、美国等发达国家将"环评"的对象从传统的单个项目提升到政府的计划、规划和政策中，把这样的"环评"称为"战略环境影响评价"。

我国从 20 世纪 70 年代末引进环境影响评价制度，但评价的层次多年来还一直停留在单个项目，很少有"战略环评"。

专家想搞清楚：当地的环境还能容纳多少污染物？

专家们认为，这个容量是一个警戒值，就好比一只能装一升水的桶，非要装两升，多余的一升只能流到地上。环境也一样，有一定的容量，在限值内，大气环境尚可自我调节，一旦超出限值就有可能恶化。

因此，决策者在规划、安排项目的时候，要根据环境容量的警戒值给每个电厂分配排污量，每个电厂不仅要达标排放，还必须被限量排放，因为那里的环境总容量只有那么多。

专家们通过模型计算解释说：

> 如果对新建火电厂不采取脱硫控制措施，要不了多久，整个西南地区的环境质量将糟到极点。最理想的状况是所有新建电厂都有脱硫装置，而且云、贵两省已有的火电厂都能得到治理。这样，大气环境质量会有明显改善，甚至可以达到空气质量一级标准。

模拟结果摆在面前，决策者可以很清楚地看到治理和不治理的差距。这就是区域环评专家要向决策者说清的问题。

专家们建议，电厂实现达标排放，一是使用低硫煤发电；二是安装脱硫设施。用低硫煤的成本要比上脱硫设施低得多，但我国低硫煤的储量非常少。

因为投资太大，当时要让新建电厂都装脱硫设施显然很难。这就要在整个区域里平衡，看哪些电厂适合用低硫煤达标，哪些电厂必须上脱硫装置。这样，电厂的选择就不是自己的行为，而要靠整个区域间的协调了。

比如，有一家规模很大的电厂原计划用低硫煤实现达标，但它附近煤矿是高硫煤；另一家电厂规模不大却计划上脱硫设施。环评专家建议那家大厂不要舍近求远拉低硫煤来烧，而应上脱硫装置用高硫煤。把计划用的低硫煤量让给那家小电厂，它就不用上脱硫装置，可省出一笔钱。这样的资源调配正是区域"战略环评"的优势。

国家环保总局一位官员指出：过去我国很少对政策、规划进行环境影响评价。这次"西电东送"区域规划环评可以说是我国政策、规划环评从理论研究到实践的尝试。

多年来，由于缺乏"战略环评"，中国曾经吃过不少大亏。因为政策失误引起的重大环境污染和生态破坏总是若干年后才显现出来。

这位官员认为，20世纪80年代中期，国家提出"大矿大开，小矿快开，有水快流"的资源开发政策，结果全国大矿小矿一哄而上，无序地乱开乱采，导致一个个矿区被挖得满目疮痍，生态环境遭到毁灭性破坏。

又如，其后国家支持乡镇企业发展，"十五小"企业如雨后春笋般冒出。小造纸、小制革、小冶炼……都在没有任何治污设施的情况下投产，臭气、黑水肆无忌惮地排入空气和水体。20 世纪 90 年代中后期，国家不得不下令关停"十五小"，重投巨资整治环境。而治理投入的资金远远超过"十五小"创造的利润。

全国人大环境与资源保护委员会副主任委员王涛感叹说："历史的教训实在太沉痛了！"

王涛透露，正在拟定的《环境影响评价法》规定，有关部门在制定重大经济政策、规划时必须考虑其对环境的影响。除了"西电东送"项目外，我们还建议一些对环境影响大的项目也要做环境影响评价。

王涛说："4 年后，占地 23.4 平方公里的上海化学工业园区将在上海市西南的杭州湾北部崛起，拜耳、巴斯夫等国际化工界巨商已经准备好投向园区的钞票。"

同月，环境专家给上海化工园区算了一个环境容量警戒值，提示他们要想不恶化那里的环境，整个园区的排污总量不能超过这个警戒值。

有人问："环境容量警戒值对化工园区意味着什么？"

专家说："警戒值就是今后企业进入园区的门槛，不是拿着钱来的都可以进入园区。因为排污总容量只有那么多，园区管理者应该依据拟入园企业的生产规模给他们分配排污量，企业必须采用先进的治理技术实现达标、限量排放。"

也有人提出疑问："口袋里揣着钱的投资商会不会被环保门槛吓走？"

园区负责人说："上海化工园区的目标是建成世界一流的化工基地，既然要做全球化工界的老大，就不仅产品质量要过硬，环保也必须是一流的。所以，选择投资伙伴，必然拿环保做硬指标衡量。国外很多企业的环保技术很发达，他们带来先进生产技术的同时，也必须带来先进的治污技术。真正一流的投资商不会被环保门槛吓走的。"

电网公司规划送电通道

2001 年 12 月 18 日，国家电网公司对西北地区"西电东送"的调研课题进行评审。评审肯定了电力外送分为三大通道的规划思路。

同时，国家电网公司也肯定了西北采用"交直流混送，水火电打捆外送"向华北、山东送电的原则：

> 黄河上游水电与宁夏火电采用 750 千伏输电方式送电至西北电网的送端，再以直流方式外送到山东或京津唐电网。
>
> 陕北火电基地的神木、府谷火电厂以交流方式送电到华北。
>
> 陕北火电基地以直流方式送电到山东电网，这 3 个通道的送电规模至 2015 年约为 120 亿瓦，至 2020 年约为 200 亿瓦。

北部通道的"西电东送"主要包括两大部分：山西、内蒙古西部向京津唐、河北南网及山东送电，这基本属于华北电网区域内的问题，重点为山西、内蒙古西部电源点的外送，规划全部以 500 千伏交流接入华北电网，到 2020 年向外送电达 200 亿瓦。

另一部分为西北送电至华北与山东电网。

重点规划中提出，要抓好三个方面工作：

落实 750 千伏公伯峡至兰州东示范工程，并力争 2005 年能投运，这是实现西北水火打捆外送战略的基础。

北通道交流送出约有 27 至 30 回 500 千伏交流线，提高单通道的送电容量、减少送电回路以尽可能减少通道占地问题，针对如此复杂的电网结构如何提高电网安全稳定运行等问题，需要组织专题研究。

抓紧陕北大型煤电基地的起步，使之在"十五"期末就能向华北电网送电，为北通道以火电基地开发外送为主这一规划目标的实现走出关键的一步。

2001 年 12 月，国家电力公司对委托电力规划总院组织的中部通道"西电东送"方案评审。

2002 年 9 月，电规总院又对专家组承担的中部"西电东送"规划调研课题报告进行了评审。

通过评审研究，电规总院得出了结论性意见：

明确了四川水电开发方针及开发规模，即为"统筹规划，大型为主，大中小并举，龙头优先"的开发方针和2020年发电420亿瓦、水电资源开发率达到50%左右的开发规模。

四川外送电力规划：2005年向外送电15亿瓦左右，并通过3万线的三峡通道，2015年送电达50亿瓦，2020年送电达200亿瓦以上。

川电外送方案为交直流混送，送电华东为纯直流方案，送电华中则以现有500千伏交流为基础，还有待进一步论证是采用直流500千伏还是交流500千伏或750千伏交流输电方式。

中部通道的外送电力规划：2010年三峡加川电外送可达200亿瓦左右，2020年达400亿瓦左右。

国家电力公司指出，在中部通道的"西电东送"开发中，要高度重视两个方面问题：

四川自身电力供应问题。为了确保四川自身电力的安全、可靠、充足的供应，一方面要加快具有调节性能的瀑布沟等水电的开发。另一方面要加强四川自身电网建设，并安排与西北的联网工程建设，实现与西北电网水火调剂及西北火电送电四川的目标。

四川大型水电开发如溪洛渡、向家坝外送华中的交、直流方案的论证。建议对交流750

千伏送电方案予以充分重视，对川渝电网与华中电网联合形成的纯交流强联系的电网结构方案的可行性进行深入论证研究。

2002 年 10 月 28 日和 11 月 21 日，国家电力公司分别对南部通道的 2015 年目标网架规划及 2015 年、2020 年"西电东送"规划的专家调研课题进行了评审，提出几个方面的主要意见。

首先是关于负荷水平预测。负荷水平预测是"西电东送"规划的重要依据，也是西部能有多少电力输出和东部能接受多少电力的重要依据。

评审意见认为：

从前一阶段调研情况看，预测基本符合历史发展的情况，且从历史外推所得出的结论来看也基本是合适的。但从 2001 年和 2002 年实际发展的势头和电力增长速度，及十六大提出的今后 20 年要翻两番的目标和城市化发展要有较高要求等情况来看，原预测的增长速度是偏低的，其他通道也有类似的情况。经分析认为，需将电力增长速度适当调高一到两个百分点。

此外，当时预测所依据的资料主要是统调负荷的统计数据，而社会全口径的负荷数据则不完整、不准确。

因此，需要将社会全口径的负荷统计数据指标建立起来，以便更全面准确地反映全社会的电力需求。

根据国务院的规定，2005 年"西电东送"的南部通道向广东送电达到 70 亿瓦左右，另有 30 亿瓦来自中通道的三峡，2015 年将达 200 亿瓦，2020 年将达到 250 亿瓦左右。其中，向广西送电则达到 300 亿瓦左右，届时红水河、乌江及澜沧江中下河段基本已开发。同时，开始规划金沙江中游段 200 亿瓦的乌东德、白鹤滩等向南方电网输电的前期开发工作，为 2020 年及以后南方通道继续增加"西电东送"规模做好准备。

当时，南方电网的"西电东送"已形成交直流并送的格局，国家电力公司计划，2020 年将形成 6 条 500 千伏直流和 4 个 500 千伏交流通道，向东输电将近 300 亿瓦。至于贵州盘南火电是采取直流输电方式还是交流输电方式，这一问题尚需进一步从多方面进行论证，包括广东电网结构及强直流多落点对电网的影响等。但从南方电网的能源资源特点和能源流向的分析情况及火电基地开发外送的适应性和灵活性来看，盘南火电基地采用交流方式分期分批实施外送，可能是一个值得重视的方案。

南方各省区电网的结构各有特点，其功能也各不相同。广东电网重点在于要使其结构能够适应接受交直流并送、强直流多落点大潮流的西电，这对电网结构是一个极大的挑战。现规划方案建议广东电网采用 500 千伏双环网结构，并要加快内环改造与外环的形成。

广西电网是南方电网"西电东送"的中枢通道，要求其既能通过西电，又能在电压上起到中间支撑作用。广西是中国水电资源的富集区，境内水电可开发容量约为1863万千瓦。加快广西电源建设，不仅是满足广西自身负荷发展的需要，也是南方电网"西电东送"的电源补充。为此，必须努力打造广西电网强大的电源补充基地。

贵州、云南电网是坚强的送端电网，贵州电网以"网对网"送电为主，而云南电网则以"点对网"送电为主。

贵州电网要建成"日字形"环网，"五交两直"的黔电送粤大通道，超高压电网建设走在了前列。

云南电网要形成"五交四直"云电外送通道，即罗天单回、罗百双回、砚崇双回5回500千伏交流通道和云广、糯扎渡、溪洛渡、茶树坪4个直流通道。同时，省内电网形成覆盖全省自北向南、自西向东的"五横四纵"500千伏输电网络。

专家组在南方电网"西电东送"规划中，重点提出几个方面的问题：

> 广东受端电网建设问题。整个南方电网将是世界上最复杂的电网，输送潮流大，广东电网要接受5回30亿瓦直流、1回18亿瓦直流、

8 至 9 回 500 千伏交流，2020 年又有约 200 亿瓦潮流的涌入。

如何保证这种大容量、强直流、多落点、交直流并联电网结构的安全稳定运行，是一个极为严峻的问题，因此尚需进一步深入开展电网结构、直流多落点和交直流相互影响、无功配置和动态电压稳定性等问题的研究。

做好火电电源点的落实工作，同步实施煤、电、运、环境等环节。

做好水电前期规划工作，抓紧后续水电开发的前期规划工作，特别要注意对环境和生态的保护。

中长期送电规划形成

2002年11月21日，国家电力公司在北京召开南方电网"西电东送"后续规划调研课题评审会，讨论有关南方电网"西电东送"后续规划的基本内容。

11月27日，国家电力公司以国电规〔2002〕879号文印发了《关于印发南方电网西电东送后续规划调研课题报告评审意见的通知》，供国电公司系统各单位工作时参照，同时供国家及地方政府部门决策时参考，供其他电力公司和发电公司规划和进行投资决策时参考。

这标志着全国范围的"西电东送"中长期发展规划基本形成。

全国人大常委会委员姚振炎、国家电力公司副总经理周大兵出席了评审会。

早在2001年3月，国家电力公司为落实"十五"向广东送电1000万千瓦和国家"十五"计划纲要精神，就开始了南方电网"西电东送"后续规划调研课题。

规划调研课题的主要任务是研究提出南方电网在"十一五"及以后电力开发及"西电东送"规划方案和电力市场交易模式。

2002年5月，课题组对南方电网电力需求、资源分析及电力开发思路、电力开发及后续"西电东送"方案、

"西电东送"方案经济分析，以及南方电力市场交易模式等 5 个方面重大问题进行了专题研究。

课题组认为：

南方四省、区生产力发展的不均衡，一次能源资源分布的不均匀以及用电特性的显著互补，决定了南方电网实施"西电东送"和发挥联网效益是必然选择。

为满足南方电网和"西电东送"需要，该地区"十一五"投产规模要达到 2384 万千瓦，开工规模达到 1886 万千瓦；"十二五"投产规模要达到 2886 万千瓦，开工规模达到 2956 万千瓦；相应建设若干新的"西电东送"输变电工程。

在评审会上，周大兵对课题组提出的规划方案给予了积极评价。他说：

课题组提出的电力发展思路和规划安排设想符合国家西部大开发的战略要求，符合国家"西电东送"战略要求，也符合四省、区社会经济和一次能源资源的客观实际。

周大兵希望有关方面紧紧围绕建立南方电网统一开

放竞争有序的区域电力市场来进行体制创新和机制创新，打破局限在本省、区选择电源点的市场壁垒，优先建设"西电东送"输送电网，加快水电项目前期工作，加快坑口电厂骨干煤矿开发规划。

南方电网"西电东送"后续规划的提出，加上早先完成的"西电东送"中部通道、北部通道规划，标志着国家电力公司对全国"西电东送"的中长期规划形成了初步框架，提出了清晰的规划设想，这对推动国家"西电东送"战略将起到积极的作用。

三、 施工建设

● 朱镕基作出重要批示：" '西电东送' 工程是西部地区大开发的重点骨干项目，必须全力以赴，按时完成。"

● 钱运录指出："实施好 '西电东送' 工程，直接关系到党中央、国务院的重大战略决策能否顺利实施。"

● 田成平说："全省各级各部门要充分认识加快电力工业建设的重大意义，切实加强领导，做好新上项目的各项前期工作和进展过程中的协调、组织工作。"

首批水电工程正式开工

2000年11月8日上午，我国首批"西电东送"工程，洪家渡水电站、引子渡水电站、乌江渡水电站扩机工程在贵州奔腾不息的千里乌江上同时开工。

朱镕基对首批"西电东送"工程项目开工作出重要批示：

　　"西电东送"工程是西部地区大开发的重点骨干项目，必须全力以赴，按时完成，力争到"十五"计划期末新增向广东送电能力1000万千瓦，这对于开发西部地区电力资源，满足广东经济发展用电需要，提高双方整体经济效益，都有重要作用。

　　"西电东送"工程的开工标志着西部地区大开发拉开序幕，我代表国务院表示祝贺。

早在21世纪到来前夕，从云贵高原的南盘江畔就传来喜讯：天生桥一级、二级两座装机容量都在百万千瓦以上的水电站建成并投产发电。

这两座水电站是"西电东送"战役中的第一炮，为了这一天，武警水电第一总队官兵在这里整整鏖战了18

年，用血肉之躯铺就了"西电东送"的通途。

天生桥位于广西隆林各族自治县与贵州省安龙县接壤处南盘江的雷公滩段峡谷上，石崖陡峭，山险水急，两岸人民世世代代隔江相望却无法往来。

在这样的地方建电站，广大官兵首先要面临极其严峻的生存问题。每当阴雨天，人出不去、车进不来，缺水、缺菜，战士们每天还要承担繁重的体力劳动，一日三餐都离不开黄豆，吃得嘴角干裂，黄豆吃完了只能上山挖野菜……但是武警水电官兵没有被困难吓倒。

由于天生桥二级水电站为引水式发电，3 条总长 30 公里、直径 10.8 米的引水隧洞，就成了连接大坝与厂房的纽带。它深埋于云贵高原 300 至 800 米的大山腹地，地质结构异常复杂，暗河纵横。因地应力释放产生的岩爆会使石块像弹片一般横飞，塌方和泥石流层出不穷。

面对如此恶劣的环境，一总队官兵以惊人的毅力和顽强的作风向大山腹地掘进。他们以 800 米地层深处为战场，展开了激烈的竞赛。

在引水隧洞里施工时，满洞都是粉尘，战士们是"进洞男子汉，出洞白毛女"。当工作面狭窄无法动用现代化机械，特别是在遇到诸如岩爆等险情时，官兵们只能一铲一铲地挖，甚至用双手一点一点地抠，等到被战友"强行"替换下来，双手十指已是血肉模糊。

为修建天生桥一二级水电站，水电官兵还付出了生命的代价。三支队二连副排长唐喜成为使战友免受塌方的威胁，只身一人钻进引水隧洞工作面更换掘进机刀片。就在这时，岩爆突然发生，两块直径 3 米多、重达 10 多吨的岩板，把唐喜成压在了下面，一个年仅 22 岁的年轻战士，被永远埋在了地层深处。

18 年，很多年轻的战士把青春留在了天生桥；18 年，当年的黑发人已是头发灰白，当年的一个新兵已是副团职干部。

18 年，他们以高度的历史责任感和大无畏的革命气概，在"死亡之谷"攻克了一道又一道难关。

天生桥，留下了水电官兵血汗凝结的对党和人民的忠诚；天生桥，留下了一总队官兵用血肉之躯铸就的两座大型电站；天生桥，几十名武警水电官兵永远留在了这里与山河相伴。

18 年的艰辛，水电官兵用血肉之躯铸就了天生桥一级、二级两座大型水电站，成为"西电东送"工程南部通道上重要的电源基地。

21 世纪到来之际，天生桥一二级水电站最后一台机组正式并网发电。2000 年 6 月，天生桥至广东三回 500 千伏交流输变电工程正式竣工投产，西电送粤第四条大通道送电能力可增加到 370 万千瓦。

天广三回线路的开通，标志着国务院确定的"十五"期间新增向广东送电 1000 万千瓦宏伟工程的"第二战役"取得圆满成功。

与此同时，云南宝峰至罗平 500 千伏交流输电线路、重庆万县至三峡电站500千伏交流输电线路工程和云南宣威60万千瓦火电项目也相继开工建设。

首批7个"西电东送"项目横跨云南、贵州、广西、重庆、湖北等省、市、区，基本构成了南方电网"西电东送"的主骨架。

像这样大规模、跨省区的电力建设同时开工，在我国电力建设史上还是第一次。

"西电东送"是西部大开发的标志性工程，为西部省区把资源优势转化为经济优势提供了新的历史机遇，对加快我国能源结构调整和东部地区经济发展，将发挥重要作用。

2000年11月5日，南晋宁宝峰至罗平500千伏输电线路及变电站就已经正式开工建设。此次开工建设的输变电工程包括宝峰至罗平210公里的500千伏高压输电线路和宝峰、罗平两个500千伏变电站的建设，总投资约6亿多元。

作为连接云南东部和中部电网的主要纽带，宝峰至罗平输电线路和变电站将对云南"西电东送"打通出省大通道起到积极作用，并将促进东西部电网的有效连接，改变以往输电通道过于狭窄的"瓶颈"制约。

云南省是中国水电资源大省，可开发水电资源在全国居第二位。

贵州是"西电东送"南线的重点，不仅蕴藏着1640万千瓦的水能资源，而且拥有"江南煤海"，煤炭远景储量达 2400 亿吨，超过江南九省、区之和，具有得天独厚的"水火互济"能源优势。

乌江干流梯级开发规划建设 10 个大中型水电站，其中 9 个在贵州境内，装机容量 770 万千瓦，当时仅建成乌江渡和东风水电站，装机容量共 114 万千瓦。

11 月 8 日，在巨浪翻涌的乌江干流上开工建设的洪家渡、引子渡水电站和乌江渡水电站扩机三大工程，总装机 149 万千瓦，总投资 73 亿元。

据专家预测，工程项目建成后，乌江的水电装机容量将会翻一番。

到"十五"期末，加上同期建设的火电项目，贵州电力总装机容量将从 600 万千瓦增加到 1300 万千瓦，为实现"西电东送"目标打下了良好基础。

国家发展计划委员会副主任张国宝、国家电力公司副总经理陆延昌、贵州省省长钱运录等为洪家渡水电站工程开工奠基。

广东、广西、云南等省、区政府代表也参加了当天的开工典礼。

重点建设西南送电基地

2001 年 1 月 11 日，广西壮族自治区九届人大四次会议开幕，自治区发展计划委员会主任杨道喜在会上表示：

中国第二大水电站龙滩水电站今年 6 月将正式开工建设，相继开工建设的还有百色水利枢纽、二滩水电站、平班水电站等一批大型水电站。这标志着广西建设"西电东送"基地的序幕在全面拉开。

"西电东送"是国家实施西部大开发的一个重要战略，这个战略与水电资源丰富的广西关系重大。

据专家预测，广西水能蕴藏量居全国各省、区、市的第八位，可开发装机容量达到 1700 多万千瓦，其中红水河干流可开发装机容量就达到 1334 万千瓦。

广西近期建设"西电东送"基地的初步设想是在未来 5 年，全区开工建设 900 万千瓦的装机规模，力争投产 300 万千瓦，到 2005 年，全区发电装机容量达到 1120 万千瓦。

同时，在火电建设方面，广西重点开发并形成南部沿海火电基地，并根据市场需求，适时开工建设北海、

施工建设

南宁、贵港火电厂等大型项目。

　　配合"西电东送"，广西还建设了若干条通向广东的550千伏和220千伏输电线路，以及一批500千伏变电站，加强了广西与贵州、云南电网的联结。

　　同时，广西有关部门致力于深化电力体制改革，逐步实行了厂网分开、竞价上网，形成合理的电价形成机制。

　　2001年7月23日，为贯彻落实国家"西电东送"战略，云南、广东两省签订了"云电送粤"中电力、电量、电价等具体问题的售购合同。

　　进入7月份，广东进入用电高峰，电力紧缺。为了及时缓解广东电力紧张矛盾，云南从7月1日起先向广东送电，然后再谈合同。

　　"云电送粤"从1993年开始，为"西电东送"进行了有益探索。从1996年至2000年，云南向广东累计送电39.17亿千瓦时，对云、粤两省经济发展起到了积极作用。

　　"西电东送"作为国家西部大开发战略的标志性工程，对"云电送粤"又带来了历史性发展机遇。

　　2002年5月6日，天生桥一、二级和鲁布格三大水电站发出的强大电流源源不断地输往广东、广西，平班两大水电站也在加紧施工，凸显出黔西南布依族苗族自治州作为我国"西电东送"基地和枢纽的地位。

　　地处珠江上游的黔西南州，水能资源理论蕴藏量为

1000万千瓦，居贵州首位，单位面积水能理论蕴藏量比全国平均值高出一倍，煤炭储量为75亿吨，远景储量达180亿吨，拥有水火互济的能源优势，能源工业前景广阔。

早在"七五"期间，党中央、国务院就把南盘江、北盘江、红水河确定为国家重点开发的水能富矿基地之一。

国家实施西部大开发战略，使黔西南州实施"西电东送"工程赢得了千载难逢的机遇。

国家和电力部门投巨资先后架设了天生桥至贵阳一回500千伏交流、天生桥至广州三回500千伏交流、一回500千伏直流高压输变电线路和鲁布格至天生桥500千伏高压输变电线路，向华南电网年送电量达100亿千瓦时以上。

自1993年8月天生桥首台机组发电开始向广东、广西输电算起，到2001年年底，累计向"两广"送电361亿千瓦时。其中，在广东严重缺电的2001年，送电量达115亿千瓦时。

黔西南州立足于丰富的煤炭资源，依托南昆铁路通道、"两江一河"航道和国道、省道公路干道，煤、电产业迅速崛起。

到2001年，全州原煤产量达500万吨，上缴税费6200万元以上，火电装机达128万千瓦。煤、电渐成自治州经济的两大支柱，仅天生桥一、二级两个发电站，

053

2001 年上缴税收达 1.2 亿元，成为华南电网重要的电源基地。

2002 年 7 月 31 日，云南加速建设"西电东送"重点工程，云南省在实施西部大开发中，利用本省丰富的水能、燃煤资源优势，加速建设小湾特大型水电站、大朝山大型水电站以及曲靖、宣威大型火电站等一批特大型和大型国家级和省级"西电东送"重点工程。

贵州加快建设送电网

2001年2月6日上午，贵州省委、省政府召开办公会议，听取"西电东送"工作情况汇报，并对加快"西电东送"工程实施步伐进行安排部署。

会上，贵州省电力公司和乌江水电开发公司等单位负责人先后汇报了贵州省"西电东送"工程的电源建设、环境保护、煤炭供应、资金筹措等方面的情况，以及需要省委、省政府帮助解决的问题。

省委书记钱运录、省长石秀诗在会上做了重要讲话。

贵州省各级党委、政府和各有关部门，以高度的事业心和责任感，把实施"西电东送"工程作为事关全局的大事来抓，千方百计争取国家支持，积极做好项目准备和工程实施工作，使一批重点项目开工兴建，实现了起步良好的目标。

钱运录指出：

"西电东送"是实施西部大开发的标志性工程。实施好"西电东送"工程，直接关系到党中央、国务院的重大战略决策能否顺利实施，关系到我省能否抢抓机遇、加快发展，关系到贵州能否在激烈的竞争中争得主动。全省上下一定要进一步统一思想，提高认识，切实增强抢抓机遇的紧迫感和责任感，举全省之力加快"西电东送"工程的实施。

钱运录强调：

要抓住重点环节，加大工作力度，确保"西电东送"工程顺利进行……要着眼长远，立足当前，集中力量加快电源项目建设……要进一步加大工作力度，积极争取各有关方面加快输电路线建设，为按期向广东输电提供必要的通道条件。要配合火电建设，加快煤炭资源开发，确保发电用煤需要。要牢固树立可持续发展的指导思想，增强环保意识，超前考虑和规划环保设施。要加快投融资体制改革步伐，多渠道解决项目建设资金。

钱运录要求各级各有关部门要加强领导，形成合力。省里要成立"西电东送"工程协调领导小组，及时研究解决工程实施中遇到的困难和问题。

在实施"西电东送"工程中，要妥善处理好"西电东送"与各方面工作的关系。

电力建设单位要坚持"两手抓、两手都要硬"的方针，加强班子建设、廉政建设，增强机遇意识、大局意识、责任意识，严把工程质量关，加强企业管理，切实降低成本，努力增强市场竞争能力。

钱运录说：

> 实施"西电东送"工程，为我省加快发展带来了难得的历史机遇，各级各有关部门必须按照省委、省政府的部署，扎扎实实地做好各项基础工作，加快施工进度，确保项目顺利建成，按投产计划要求向广东省送电。并要求有关部门要认真处理好"西电东送"工程的环保设施配套设施建设、资金筹措、煤炭供应等问题。

石秀诗也在当天的会上讲了话。省委常委、秘书长庹文升，副省长郭树清、顾庆金，省政府秘书长陈大卫和省委、省政府有关部门负责人出席了会议，并在会上发了言。

此后几年，贵州加快了"西电东送"建设步伐。

2006 年 3 月 7 日，落日的余晖洒满在火热的建设工地上。

500 千伏盘兴线一标段项目部经理李小春兴奋地说："经过 182 天艰苦奋战，盘南电厂送出工程 500 千伏盘兴线还有一个小时就要进行带电试验了。"

该线路的带电对确保盘南电厂短期内并网发电奠定

了基础。

500 千伏盘兴双回输电线路工程起于贵州盘县的盘南电厂，止于贵州兴仁换流站，途经盘县、普安、兴义、兴仁，线路长 150 公里。

工程于 2005 年 8 月开工，2006 年 3 月 7 日带电。对于 150 公里的施工任务，182 天的工期是相当紧迫的。

春节期间，该线路一、二标段两个项目部所有员工一个都没有离开工地，留下了近 500 名民工继续施工。二标段三施工队负责施工的 29 基铁塔基础全部建在岩石上，工作异常艰难。

开工几天后，贵州送变电工程公司调集了 10 台空压机、大量凿岩机支持，100 多名民工参加攻坚。

运送材料的车辆，运沙石的马帮，在数十公里的施工线上来回穿梭，隆隆的炮声惊醒了沉睡的山谷，烟尘铺天盖地，汽车喇叭声、人喊马嘶声汇成了雄壮的交响乐。

据李小春回顾，施工中虽然有高原施工、交通不便、气候恶劣、协调任务重、工期特别紧等困难，但他们坚决贯彻省政府"西电东送"务期必成的要求，工期没有拖延一天，此时此刻，施工中的各种酸甜苦辣真的涌了上来，看着自己的作品马上就要为国家的经济建设服务，过去的日子再苦再累，他们都认为值得！

在兴仁换流站，该项目部经理谢炯说："我们已经做好了思想准备，全体参战人员将在这里度过包括 2005 年春节在内的 3 个节日。用安全的施工、优异的质量来丰富自己的电建人生。"

500 千伏兴仁换流站是国家"西电东送"工程的又一重点，是工程黔电送粤第二条直流输电大通道的起点，工程位于贵州省兴仁县四联乡水井湾，止于广东深圳百花洞，输送容量为 300 万千瓦。

500 千伏兴仁换流站是贵广第二回直流工程的起点，是整个工程的龙头项目，建成后将承担贵州西南部盘南电厂、兴义火电厂、光照电站、发耳电厂等大型电源项目的电力外送，并与天生桥二级水电站、安顺变电站以及贵州电网其他 500 千伏系统相连。

项目建设主要内容包括新建贵州兴仁换流站一座，换流容量为 300 万千瓦，新建贵州兴仁换流站至广东深圳白花洞换流站 ±500 千伏直流输电线路 1225 公里。

该工程的建设是落实"十一五"黔电送粤协议，共同推动"'西电东送'输送通道建设，确保到 2010 年实现"黔电送粤"新增 400 万千瓦，达到 1000 万千瓦"，"十一五"期间累计黔电送粤 1800 亿千瓦时的目标。

工程从 2005 年 12 月 26 日开工，到 2006 年 3 月进行两个阀厅、主控楼、综合楼及备品备件仓等十多栋房建的施工，土建工程在 6 月 1 日前主体工程全部完工并移交电器安装，确保 2007 年 6 月单级投运，12 月双级投运。

因为工期相当紧，贵州送变电工程公司加大了对项目部的投入，为项目部配备了一台搅拌钻，4 台搅拌机，两台泵送车。

为了保证防火墙的施工质量，公司还专门购买了一台发电机以防施工停电。

南方电网公司对换流站的施工进度要求非常严格，施工中，项目部每周向南网公司上报一次周进度、周计划，并对上一周的工程情况进行一次总结。

当时的施工进度完全按南网公司的要求进行，南网公司建设管理部对换流站的施工进度及质量都非常满意。

3 月 9 日，在大方电厂送出工程 500 千伏大黔线至黔西电厂的施工现场，该线路一标段项目部经理张林正在指挥立塔施工。

大方电厂至黔西电厂双回线路工程位于贵州的西北部，全长 59 公里，经毕节市、大方县、黔西县；地形西高东低，平均海拔 1511 米，境内属喀斯特地貌，峰峦叠嶂，溪流纵横，有 30 公里重冰区，给施工带来了巨大的困难。

据张林介绍，这条线路是贵州省第一条同塔双回 500 千伏输电线路，比以往的 500 千伏输电线路可减少土地占有量一半，可节约工程投资三分之一。

该工程于 2005 年 12 月进场施工，当时已经全部完成基础施工，一标段完成了 30 基塔的工作，整个工程已经完成工作量的一半以上。

张林对大家说："工程要在 6 月底完工，确保大方电厂正常发电。"

"十一五"期间，为保证"西电东送"和满足贵州经济社会发展的用电需求，贵州电网公司投入巨资打造了坚强电网。

贵州电网公司按照"西电东送"战略的要求和省内经济发展的需要，科学制订"十一五"期间贵州电网发展规划，投资了 191.67 亿元用于电网建设，比"十五"期间投资增加 33.8%，使贵州电网更加坚强，供电更加可靠。

施工建设

水电兵奋战水电工程现场

2001 年 7 月 1 日，中国共产党建党 80 周年，中央电视台在特别节目中直播"西电东送"的标志性工程龙滩水电站的开工典礼。

7 月 1 日 16 时 58 分，随着左岸坝肩首次爆破的"轰隆隆"炮响，位于广西天峨县境内红水河上游的龙滩水电站正式开工。

当时，有一支橄榄绿的方阵特别引人注目，他们就是被人们誉为"水电雄狮"的武警水电第一总队。这是一支引滦入津赢得国家"金质奖章"的部队，是在天生桥一、二级电站建设中建成亚洲第一坝、创造多项世界纪录的水电尖兵。

在全国庆祝建党 80 周年的特殊日子里，武警水电第一总队正奋战在洪家渡、引子渡、龙滩等"西电东送"工程的各个主战场上，续写着开发西部的新辉煌。

乌江，是一条与共和国命运紧密相连的江。

60 多年前，红军在这里飞渡天险，摆脱了敌军的围追堵截，不断走向胜利。

新一代水电兵要让这里的"天堑"变通途、"高峡出平湖"。1999 年，他们首先承担了洪家渡水电站导流洞和左坝肩的开挖任务。

洪家渡电站导流洞的开挖是一场硬仗。2000年8月27日，水电兵们提前34天完成首期任务，轰动了整个电站工地，许多施工单位都来参观学习。当他们看到笔直的洞径、干爽的施工现场，无不伸出大拇指称赞洞子打得好。

参建"西电东送"工程十多年，转战洪家渡的水电支队已由当初的一个土建部队发展成为综合机械化施工部队，人员分工更精细，机械化程度更高。

积累了十多年的施工经验，一总队在施工中总结了一套边施工、边清理工作面的文明、安全施工法，他们一方面凭借高机械化设备高效推进；另一方面，有专门的技术人员清理工作面，保证了一个良好的工作环境，两者相得益彰。

国家电力总公司、贵州省以及水电指挥部的领导先后到导流洞工地视察，看到干爽整洁的工作面，他们高兴地说："穿皮鞋可以进洞，轿车可以直接开到工作面，真是不简单！"

洪家渡水电站也是水电建设的"天险"工程。洪家渡水电站两岸坝肩高度有300多米，从山顶上即便掉下一块很小的石头，都会造成极大的危险。

施工中，水电部队始终把安全生产作为"主抓"环节。每次在开辟工作面之前都在甲方提供的地质勘探资料的基础上，自己花人力、物力和财力进一步"诊断"地质构造。事故苗头一经发现，立即采取措施排除隐患。

由于建立了严格的安全生产管理制度，教育官兵形成安全生产观念，武警水电官兵在洪家渡水电站的施工中，未亡一人，未伤一人。

贵州乌江开发总公司副总经理赵三其称赞说："干这么危险的工程，水电部队竟没有发生一起伤亡事故，简直是水电建设史上的奇迹。"

水电官兵还创造了挑战体能极限的奇迹。在洪家渡水电站大坝的基坑开挖中，遭遇"难缠"的胶结体地质，施工机械派不上用场，官兵们赤膊上阵，用锹铲挖，用手抠，一天工作近20个小时，整整干了一个月。

兄弟施工单位咋舌："这超过了一般意志力的施工人员的极限。"

为了"西电东送"早日实现，为了造福千家万户，"水电雄师"的官兵们正在突破一个又一个"极限"。

引子渡水电站是朱镕基亲批的我国"西电东送"首批骨干工程之一。在这里，水电兵也作出了惊人之举。

电站位于贵州乌江干流平坝县境内的三岔河上，只有一条羊肠小路通向山外。为了尽早开发出一条进场公路，官兵们昼夜施工。

大家困了就在路边的小树林里席地而卧，天当被，地当床。云贵高原湿气太重，当战士们起床时，衣服都能拧出水来。

就是在这样的环境下，经过两个多月的艰苦鏖战，他们修通了长达8602米的进场公路。

在导流洞施工，战士手持风钻一干就是一天。吃饭时，手连碗都端不住，不停地颤抖。

可是，战士们却风趣地说："本来碗里只有一片肉，手这么一晃，满碗都是肉了。"

班长李冲红内火太重，经常流鼻血。由于熟练的钻工少，李冲红常常是止住鼻血又抓起钻打了起来，从没因病耽误一天的工作。

挖机操作能手袁廷泽长年开着挖机作业，开挖量极大。

交通桥是引子渡电站前期准备的"卡脖子"工程，如果不能按期完工，将影响整个工程计划的完成。

6月份，正值雨季，山洪不时涌入乌江，一次又一次地冲毁桥墩围堰。

急红了眼的官兵采取人海战术，用土石、钢丝笼、竹篓昼夜抢筑围堰。经过三天三夜的鏖战，终于抢下两个河水最深、水流最急的围堰。

为此，支队领导48小时没合眼。当交通桥提前3天通车的消息传遍了工地，人们又一次向水电兵伸出了大拇指。

龙滩水电站建设规模仅次于三峡工程。为向建党80周年献礼，上级决定在"七一"当天举行隆重的开工典礼。部队承担的6号公路能否按期通车，将直接影响开工仪式。

就在官兵决战6号公路紧张的日子里，毒蛇却时常侵入他们的营地，战士们时常与蛇共眠。

但毒蛇的侵扰并没有影响施工的进度，6 号公路如期通车，参加龙滩水电站开工仪式的领导和代表，沿着 6 号公路顺利地开进了会场。

龙滩水电站在红水河上游，设计装机容量 540 万千瓦，仅次于三峡水电站，是我国 21 世纪初开工的最大水电工程，备受党中央、国务院的重视。

水电官兵在龙滩承建的工程主要是两个项目：右岸护坡面和右岸导流洞，这是公认的两块难啃的"硬骨头"。

6 月初，一队记者由南宁赶往广西天峨县境内的龙滩水电站。车子行进在险峻的盘山道上，目力所及的群山苍翠挺拔，山高谷深，混浊的河水透着点红色，这就是著名的红水河。

记者在右岸导流洞洞口见到武警水电部队一总队三支队副参谋长唐三荣时，他刚从导流洞出来，安全帽还戴在头上。

没有太多的客套话，这位水电学校毕业的打洞"指挥"叮嘱记者们扣紧安全帽、穿上高帮水鞋，拿起一把手电筒就领着记者们从导流洞的出水口处进了洞。

唐三荣操着一口浓重的广西口音，向大家介绍着工程的进展、施工的艰难。

记者们顺着唐三荣手电筒的光线，看到洞体的墙面因山体结构复杂而呈现不同的形状、颜色、质感，部分墙面的岩石看似结实，用手轻轻一拈就掉下来了。

唐三荣介绍说："遇到这样的破碎层面，我们采用'新奥法'施工技术，短进尺、强支撑，做钢支撑。说来轻松，涉及很多复杂的技术环节，我们组织了多次技术攻关……"

听着唐三荣的介绍，大家不由得想起了工程指挥部负责人的感慨：导流洞施工有三难，第一难在导流洞的横断面，它是目前世界最大的导流洞横断面，平均高为24米、宽约19米；第二难在这里的地质结构非常复杂；第三难在工期紧，必须完成"节点工期"。没想到水电部队不仅作风顽强，而且技术先进，一道道难题都迎刃而解。

从导流洞出来，记者们登上450米高度的右岸坡面马道。削平的右岸坡面上打了很多钢筋混凝土"补丁"，一问才知道，这是运用了当时国际上先进的锚索技术，为一些山体疏松、构造不规则的坡面"加固"。

在山坡上打"补丁"，水电官兵连续进行了多次技术攻关。三支队副支队长朱国良带领一中队官兵们费了九牛二虎之力把钻机抬上山，并创造性地在陡坡上开出了一块平地，把钻机固定在三脚架上。

为对付钻孔时孔壁碎石崩塌，水电官兵采取了分段成孔、边钻边浇的办法，每钻5米，停机灌一次水泥浆，凝固后再往下钻。

打锚索，最棘手的是如何往孔中下索。10根直径15

毫米，7 根直径 5 毫米的钢绞线组成的索体重达 500 多公斤，需要十多个人抬着送入孔中。

国外一些先进的施工单位在山坡岩体的施工中，对下索也是胆战心惊，因为下索放到最后时索体的下掉速度会突然加快，钢索露在外面的尾巴就会弹起来，施工人员躲不及就可能被打倒打昏在地，甚至滚下山崖。

水电官兵艺高胆大。他们掌握索体、混凝土、钢筋等材料的"脾气"，而且懂得下索是一个复杂的工艺工程，他们先把钢索插入定向管，再进行特殊的灌浆处理，等凝固后用千斤顶反复张拉锁定。

在这里，他们所用最长的一根锚索有 55 米长，最短的也有 15 米，截至当年 7 月下旬已用锚索 1 万多根！

水电部队在锚索技术上的运用处于全国领先水平。早在初战天生桥二级水电站的时候，他们根据天生桥厂房边坡滑体的地质特点设计的自由锚索，就被公认为锚索技术在我国高边坡加固工程中的第一次运用，并获得了国家科技大奖。

而到了决战洪家渡时，他们把锚索技术的运用又向前推进了一大步。在洪家渡水电站施工中，为了克服施工爆破时对顺向层边坡带来的不稳定滑坡问题，他们采用了国内最先进的孔内孔间微差顺序挤压爆破技术。这项爆破技术由于易控制，不仅解决了日后上坝料的合格匹配，还可以控制碎料下河量，保证乌江主河道的畅通。

建设现代化的电站，光靠埋头苦干是行不通的，必须用现代化科技做先导。

洪家渡水电站左岸坝肩边坡高280米，属古滑坡体。确保该边坡稳定已列入国家科研课题。

总队长何真祥、政委向贵富多次深入工地，与广大科技干部一道研究施工方案。

同时，成立了科技攻关小组，对边坡开挖、光面爆破、稳定滑体进行一系列科学实验，展开科技攻关。

在工地上，大家都把副支队长陈同俭称作"黑脸包公"，他对技术及安全质量要求极其严格，并把安全生产和文明施工作为规范施工行为的重点来抓，发现事故苗头，立即召集有关人员及时纠正，排除隐患。

在陈同俭和工程技术人员的严格管理监督下，左岸坝肩自开工到结束没有发生任何因违章违规的大小安全质量事故，创造了边坡开挖未亡一人、未伤一人的好成绩。

打隧洞最怕遇到溶洞，尤其是喀斯特地质条件下的隧洞。

有关专家预言，像引子渡水电站导流洞这样的地质条件，单洞月进尺只能在20米至30米之间，按此计算，整个隧洞需要24个月才能贯通，与一年的工期相差甚远。

广大科技工作者以研究溶洞为突破口，运用高压固结灌浆、预注浆检查等技术，有效地提高了工效，使单洞月进尺平均进尺85米，最高达到120米，创造了在同

施工建设

类地质条件下，隧洞进尺最高纪录。

在"西电东送"的主战场上，武警水电兵的奋斗是无止境的。就像有的战士所说的那样："建设西部就是我的理想，献身西部就是我的目标。"

第二批工程正式开工

2001 年 11 月 25 日，"西电东送"第二批输电工程项目包括贵广直流、贵广交流和三广直流工程正式开工。

开工现场负责人说："这些项目全部投产后，新增送电能力达 750 万千瓦，是先期建成的'西电东送'输电能力的两倍多。"

与此同时，在贵州、云南、湖北、湖南、广东等地开工的"西电东送"第二批工程项目还有贵阳电厂扩建等 8 个项目。

出席开工仪式的有关专家说："在一天内同时开工建设 9 个电力重大项目，这在中国电力建设史上是从未有过的。这既表明西部大开发的步伐在加快，也说明我国电力工业朝着实现'西电东送、南北互供、全国联网'和在更大范围资源优化配置的目标又迈进了一大步。"

与 2000 年 11 月初同时开工建设的"西电东送"第一批项目一样，此次开工的"西电东送"第二批项目同样是为了确保在"十五"末实现向广东送电 1000 万千瓦目标建设的。

9 个项目中，6 个为电源项目，3 个为电网项目，总投资 353.7 亿元。全部电源和电网项目在 2003 年到 2005 年陆续竣工投产。

这标志着南方电网"西电东送"的发展进入一个新阶段。

广东是经济大省，但又缺乏能源资源。20世纪80年代，"开三停四""限量供应"的电力问题成了经济发展的瓶颈。

痛定思痛，1993至1996年，广东新增装机超过以往43年的总和，电力供需基本平衡。

但有关电力专家当时就指出：这种缓和只是暂时性的。

2001年，广东电网负荷仍保持较快的增长速度，全省最高负荷达到1729万千瓦，比2000年最高负荷增加近200万千瓦，而广东省内新投产的机组仅为96万千瓦，省内平衡有较大缺口。

2001年6月26日，"西电东送"工程的天广直流工程实现双极投运后，西电送广东能力由原来的120万千瓦增加至300万千瓦，解决了广东当年电力供应的缺口问题，避免了拉闸限电的现象。

10月12日，"西电东送"的两大工程：三峡至广东、贵州至广东直流输电工程的部分设备采购及技术转让合同在北京签字，吴邦国出席签字仪式。

这两大工程是实现"西电东送"战略的标志性工程，也是实现"十五"末向广东送电1000万千瓦的关键项目。工程两端换流站的主要设备通过国际招标采购，ABB公司中标；贵州至广东50万伏超高压直流输电工程的输送容量也为300万千瓦，输电距离930多公里，其换流站设备由中标的西门子公司提供。

为支持国产化，两大工程招标的主要设备均采取了合作生产方式。同时，引进了ABB公司和西门子公司的直流输电成套技术以及控制保护的设计制造技术。有关人士认为，这将为我国换流站设备国产化率的进一步提高打下坚实基础。

2001年11月中旬，为缓解2002年珠江三角洲地区的用电压力，国家"西电东送"工程的500千伏江茂二回输变电工程在阳江市正式开工。

该工程是"十五"期间广东省开工的首个"西电东送"工程项目，工程总投资额为7亿多元，通过阳江、茂名等十多个县市，包括总长300多公里的输电线路和相应的变电设备。

工程完成后，每年通过广西从西向东输送170万千瓦电力。

国家计委副主任张国宝在11月25日"西电东送"第二批工程项目开工典礼上说：

> 在国家先后实施的两批"西电东送"工程中，贵州省占得先机，成为"西电东送"的主力省份。

张国宝指出，在2000年开工的第一批7个项目和如今开工的 9 个项目中，贵州省是承担任务最重、项目最多的主力省份，贵州投资规模占两批项目总投资的一半左右。

张国宝说：

> 贵州也是"西电东送"工程落实工作抓得好的重点省份，今年前 10 个月，贵州省发电量增幅达 25%，居全国第一，远远高于全国平均 7% 的增幅。

国家电力公司副总经理刘振亚认为，贵州省积极落实境内两批"西电东送"项目的实施，并主动抓好电源项目储备，不仅为"十五"末期向广东送电 1000 万千瓦奠定了基础，也为"西电东送"后续工程的开工做好了准备。

"西电东送"为贵州经济发展带来了前所未有的历史机遇。"西电东送"工程建设自 2000 年在贵州拉开序幕以来，贵州举全省之力加以推进，在全省进行了广泛的动员部署，采取一系列措施促进落实，加速资源优势向经济优势的转化。

2002 年到 2005 年，广东每年新增用电负荷 200 万至 300 万千瓦，而广东仅在 2002、2003 年各有 100 万千瓦容量的机组投产，广东用电形势仍然趋紧。

西电是优质、洁净、可靠、经济的电力。"西电东送"既可促进西部地区水电开发和经济发展，又可使广东得到清洁的电力，减少环境污染，是双赢的好事。

广东是接受西南电力电量最多的省份，广东电网自1993年开始购买西电以来，至2000年年底，已累计接受西电24.4亿千瓦时，已支付西电电费65亿元。

根据国务院的战略决策，"十五"期间，西电将新增向广东送电1000万千瓦。

为确保这一决策的落实，全力解决广东的用电需求，国家电力公司南方公司把新增1000万千瓦工程的电网建设作为工作的重中之重，打响了"三大战役"。

第一战役是建设天生桥至广东500千伏直流输电工程。工程2000年12月26日单极投运，2001年6月26日双极投运，新增送电能力180万千瓦，解决了2001年广东省内电力电量平衡缺口问题。

第二战役是建设天生桥至广东第三回500千伏交流输变电工程。2000年11月3日开工，2002年6月投产，同时抓好天生桥至平果双回加装串补工作，共计新增向广东送电能力90万千瓦，解决广东2002年省内电力电量平衡缺口问题。

第三战役是建设贵州安顺至广东两回500千伏交流输变电工程。2001年11月25日开工，2003年汛前投产，新增送电能力150万千瓦，解决了广东2003年电力电量的平衡缺口问题。

刘振亚说：

　　到 2005 年年底，"西电东送"南部通道将形成"五交三直"的大通道，南方电网将成为东西部强联系、交直流混合运行的强大电网，西电向广东输电能力达到 1120 万千瓦，其中包括三峡送广东 300 万千瓦。

精心建设安顺电厂工程

2002 年 7 月 25 日，"西电东送"火电项目一线采访团成员驱车出贵州省安顺市区向西行进，大家用了不到 30 分钟，一条新近整修的通县公路就把他们带到了普定县马官镇太平村。

安顺发电厂厂址正在这里。几年前，全省首家两台 30 万千瓦机组在此如期建成发电。当时，"西电东送"第二批重点项目安电二期扩建工程全面展开，建设现场一片热浪升腾。

贵州省电力公司的负责人告诉大家，安顺电厂毗邻著名风景区和"两交一直"超高压向广东输电起点工程，周边煤炭储量 113 亿吨，尽得区位和资源之利。

早在 2000 年 10 月进场前期准备阶段，建设者们提出要把安电二期工程建成面向"西电东送"、面向中外投资、代表贵州现代化水平的"窗口工程"，不仅在建设进度、质量上要创一流，环保防污也要达到行业的高标准，其中脱硫工程在全省是首次上马。

7 月 8 日，采访团来到安电二期建设现场，实实在在地感受到了这种浓烈气氛。

当时，与正在运行中的第一期 60 万千瓦机组厂房相连，规模宏大的 3 号主厂房及附属工程结构已全部完成，装修也已经基本完成。

大家看到，4号主厂房结构全部完成，装修完成一半。3号水塔筒体完成，淋水构件吊装完成了一小部分。4号水塔进入筒体施工，烟囱内筒已砌筑至210米。

同时，3号和4号脱硫基础分别完成90%和60%，锅炉大件吊装全部完成，汽轮机安装紧张进行。

在一些主要施工、安装部位，大家都可以看见"纳全国电建之优秀，创贵州电建之品牌""立足达标投产，实现省优部优，争创鲁班奖""实现事故零目标、创安全文明施工窗口工地、2003年达全国一流水平"等内容的宣传标语。

当年36岁的贵州电力建设第二工程公司副经理、安电建设项目部经理王长友，带着一口东北口音向大家介绍说："这项由香港中华电力控股投资建设的工程，计划于2003年双机投产，既要如期实现'黔电送粤'目标，又要保证防尘、脱硫、防噪、防渗漏、污废处理等环保设施同步投入使用。"

王长友说："自2001年11月正式开工以来，项目部工作的重中之重就是以安全文明施工为前提，确保工程质量进度'双过硬'。"

在工厂大路旁一排摄影宣传栏前，王长友禁不住放慢了脚步。

他对大家说："这里展示中的几幅照片就出自我之手。一张张照片记录了省电建二公司的辉煌业绩，也寄托了电力建设者对加快贵州资源优势向经济优势转化的自豪情怀。"

在那几年，贵州电建二公司参加了清镇电厂、习水电厂、黔北电厂等重点项目施工，一步步壮大着实力。

王长友告诉大家："安电二期工程进入安装阶段后，尽管遇到了发电设备不能如期供货等对工期进度造成严重影响的难题，但他们通过倒排工期，抓关键，抢工期，保质量，决心尽全力让这项工程真正体现贵州电力建设总体水平。"

在 3 号和 4 号主厂房施工现场，大家目睹了镜面混凝土施工新工艺的神奇之处。

用这种首次引入贵州的先进技术完成的厂房柱体、梁体、墙面，一次成型后光滑如镜。用手摸后，颇有像精心打磨后的花岗岩、大理石似的感觉，上面略刷些瓷粉，则变得洁白如雪，完全达到内装修的标准。

大家登上新厂房高处远眺，但见一片开阔地，汽轮机零部件、锅炉零部件、非标准件组件设备分 3 个区域有序放置。

几条进厂铁路专用线从远方延伸而来，7 台 60 吨龙门吊、两台 250 吨履带吊、两台 125 吨塔吊正各显神通。

随后，大家进入总体就绪的两座冷凝塔，高 105 米，最大直径 89 米，最小直径 49 米的双曲筒体内，又是一片繁忙景象，120 吨汽车吊在筒体内来往奔忙，内部波纹状墙板已砌筑完毕。

高质量、高水平的建设成果来源于高水平的项目管理。"工欲善其事，必先利其器"。项目部在前期工作准备阶段，投入近400万元建立项目现代化管理机制、建立项目计算机区域网。

同时，项目部派出近百人到国内同行先进单位考察、学习、培训。

在施工中，将现场划分为20个部分，精心地进行操作性很强的安全文明施工策划。

在4号厂房主控室门前，大家仔细观看了一个施工队争创"青年文明号"的宣传板报。4个创建目标、5条创建措施中，都有安全、文明、科学施工的具体内容，一条"科学组织精心施工，打造品牌从我做起"的口号格外醒目。

他们走进焊接施工现场，竟然看不到一根乱丢的电焊头。安全网、警示牌随处可见，科学施工、安全文明施工的理念已经深入人心。

在项目部外表简朴的办公楼里，内部规整、条理化的程度让人称奇。面对简朴的外设厕所的清洁状况，采访团一行人中有人说："在这样的环境里，想随便吸支烟都不好意思了！"

当时，贵州省人民正期待着省电建二公司从建设现场传来一个个振奋人心的好消息。

俗话说"兵马未到，粮草先行"。在电力建设中，没有设备谈不上安装，没有安装谈不上投产，因此设备运输是关键。

在贵州"西电东送"工程中，承担这一重任的贵州送变电公司宏电大件运输公司，凭着高度责任感，克服了重重困难，硬是将"西电东送"工程所必需的重达上百吨的主变、发电机、汽包等一件一件安全稳妥地运送到目的地。

宏电大件运输公司自从2002年6月开始为黔北电厂运送长22.5米的除氧水箱，拉开了为"西电东送"电源点和通道建设运送大件的序幕。

至2003年1月，宏电大件运输公司已为"西电东送"重点工程黔北电厂、纳雍电厂运送大件33台次，为安顺变电站等4个500千伏变电站运输大件27台次，均万无一失。

这一方面是公司实力雄厚，为了适应"西电东送"工程大件运输的需要，2003年投资近300万元新购了一台300吨德国进口的"雄狮"重型拖车，加上20世纪90年代购买的一台200吨重型拖车，完全能满足大件运输的需要。

另一方面是公司内部有一套严格规范的管理制度，拖车驾驶员和拖车操作手技术好，责任心强，所以在过去10年多的大件运输中从没出过差错，在几次大件运输招投标中都能顺利中标。

运输部主任兼大拖车操作手陈贵川说起运输大件的艰辛，他颇动感情地说："贵州的路太难行了，有时为拖车上了一个坡，弯了一个弯，都会鼻子发酸。有一次在运输大件到黔北电厂的路上，拖车打滑，牵引车和拖车头开足了马力也上不去，用麻袋垫、用沙子垫都不管用，反反复复一直花了3个小时才冲过这个坡。"

在为纳雍电厂拉大件时最困难，从六盘水运送大件到纳雍电厂共40公里路，却要走十多个小时，纳雍境内道路狭窄，这里多是"之"字形的盘山公路，坡度大，弯道多，随行的操作手因为要随时调节拖板的高度，确保拖车安全，几乎是步行走完这40公里路。

宏电大件运输公司经理刘春雷说："下一步'西电东送'建设任务还很重，我们不但要继续为黔北电厂和纳雍电厂即将安装的各两台机组运输大件，还将承担盘南电厂、鸭溪电厂、纳雍二电厂的大件运输工作。"

为准备运送盘南电厂机组的大件，他们还专门新购进了5轴车轮，以满足运输需要。

2003年2月3日1时许，在黔中腹地的普定县马官镇，贵州电建二公司安顺电厂项目工程部员工迎来了激动人心的时刻。

经过两年艰苦奋战，安顺电厂二期工程30万千瓦的3号机组正式并网发电。

至此，作为"西电东送"项目的首台机组，羊年伊始向广东送电。

大年初一，大家看到，从"中央集中控制室"到锅炉、汽轮机、发电机等大型设备旁，1200多名员工紧张有序地工作着。

　　这几天，有 200 多名家属赶到工地过年，公司专门腾出了一批"夫妻房"，但许多关键设备岗位上的职工却一直来不及同家属见面。

正式开工建设送电北通道

2002 年 8 月 20 日，国家"西电东送"北通道项目神保 500 千伏线路工程、神头二电厂二期工程项目开工典礼在朔州举行。

山西省委书记田成平宣布项目开工。吴邦国致信祝贺。

吴邦国在贺信中指出：

"西电东送"是党中央、国务院实施西部大开发战略，将西部地区资源优势转变为经济优势的重大举措。"西电东送"北通道开工建设，是继"西电东送"南部、中部通道开工建设之后的又一重大进展，标志着"西电东送"工程进入全面建设阶段。对保证华北地区，尤其是首都北京的电力供应，开发西部资源，发展地方经济，增进民族团结，都具有重要的战略意义。

在贺信中，吴邦国希望广大建设者再接再厉，发扬不怕困难、团结奋斗的连续作战精神，密切配合，科学组织指挥，精心设计施工，重视环境保护，确保工程质量，为促进我国经济发展和电力建设作出新的贡献。

至此，举世瞩目的"西电东送"南、中、北3条输电大通道建设项目均已进入全面建设阶段。

2002年是山西省历史上电源建设和发展最快的一年。因此，山西省被列入"西电东送"北通道的首位省份。

大同二电厂二期、神头二电厂二期、河曲电厂、王曲电厂4个项目已列入2002年国家"西电东送"北通道开工建设计划。

省内用电项目古交电厂、榆社电厂二期、漳泽电力三期3个项目获得批准。

同时，西龙池抽水蓄能电站120万千瓦项目中已批复和开工建设53万千瓦综合利用煤矸石发电的环保电厂，省内已经开工建设的机组将达到800万千瓦。

这是山西省历史上开工建设装机容量最多的一年，也是全国开工建设最多的一个省份。

所有电力项目和配套的煤矿建设项目投产后，每年直接消耗煤炭2000多万吨，新增税收将会达到30多亿元。

山西作为实施"西电东送"最早的省份，"八五"以来，已先后建成娘子关电厂、大同二电厂、神头一电厂、阳城电厂，分别向京津唐、河北、江苏送电。

这不仅能进一步改变山西省输煤电的比重，使山西省的资源优势转化为电力优势，而且将有效促进山西省经济结构调整的顺利进行，带动煤炭、建材、冶金、机械加工以及服务业等诸多产业的振兴。

国家"西电东送"战略的实施，为山西提供了难得的发展机遇。全省上下一定要抓住机遇，加快建设，把电力工业做大做强，到"十五"期末，使山西省电力工业跃上一个新台阶。

田成平说：

全省各级各部门要充分认识加快电力工业建设的重大意义，切实加强领导，做好新上项目的各项前期工作和进展过程中的协调、组织工作。电力企业要加快建立规范的现代企业制度；对于新建企业，要严格按市场机制运作，走煤电联营的路子，降低成本，提高市场竞争力。

副省长靳善忠、捷克驻华大使临时代办、斯洛伐克驻华大使，以及国家和省电力部门负责人出席了开工典礼。

"西电东送"北通道建成后，将成倍扩展华北东西部地区输电走廊的交换能力，增加西部的发电容量，有力地促进京津唐电网的建设与改造，并有效缓解负荷中心城市环境保护方面的压力，为满足京津唐地区日益增长的用电需要，为北京 2008 年成功举办"绿色奥运"奠定坚实的供电基础。

此次开工建设的项目，共包括 3 个输变电工程和 4个电源工程。

　　这批工程项目投产后，由山西电网向京津唐电网送电的能力将增加一倍，蒙西电网向京津唐电网的送电能力也将成倍提高。

施工建设

全力建设蒙华海电工程

　　2003 年 1 月 10 日零时，内蒙古电建一公司承建蒙华海电 3 号机组，高参数、无缺陷一次完成 168 小时试运行，优质达标投产，各项技术指标及施工周期为内蒙古同类型机组之最，为海电二期写下了精彩的一笔。

　　寂静的乌海拉僧庙，自从这里来了电建人，铸起了一座拔天倚地的光明丰碑，便有了许多非常动听的故事。

　　早在 1993 年，有着光荣传统，素有"塞外铁军"称号的内蒙古电建一公司的将士们，在这片热土上，用自己辛勤的汗水唱响电建人奉献、执着、播撒光明的英雄赞歌。就是在这片热土上，他们在荒芜的沙丘用两年零 69 天的时间建成海勃湾电厂的 1 号和 2 号机组，创造了当时全国同类型机组的最快速度。

　　1998 年 7 月，朱镕基在内蒙古考察时指出：

　　　　电厂建设对内蒙古来说很重要，搞好煤电结合、坑口电站，煤矿才能活起来……要加快在建工程的建设速度，以此推动市场需求，带动地区经济发展。

　　1999 年 1 月，江泽民在视察内蒙古时指示：

要积极发展能源工业，实施好"西电东送"战略。

　　中央领导的肯定和指示，极大地鼓舞着内蒙古电业人的激情和实干精神，他们决心进一步实施好"西电东送"战略，为内蒙古和北京市的经济发展作出更大的贡献。

　　2003 年，更加成熟自信的内蒙古电建一公司，又一次来到这里，再一次用自己的智慧和力量谱写了一曲经典乐章。

　　内蒙古电建一公司以"科学化管理、规范化运作"的理念，在蒙华海电工程建设中，实现了工期最短、事故双零、杜绝跑冒滴漏质量通病、优质达标投产的历史跨越。创造了从电气厂用授电、分部试运开始，历时不到 3 个月的时间完成机组并网发电的内蒙古电建史上的奇迹。

　　蒙华海电 3 号机组是内蒙古电力抓住西部大开发历史机遇、大力推进资源转换和"西电东送"战略的重大建设项目，是自治区"十五"重点建设项目之一，是内蒙古电力跨入新世纪、"十五"开工建设的第一个电源点项目。

　　内蒙古电建一公司海电项目部开工伊始，就以其重要的战略意义和按市场经济规律运作，严格执行国际质量体系新标准，与国际惯例接轨的全新组织管理模式而备受瞩目。

在誓师大会上，公司领导旗帜鲜明地提出了"高质量、高速度、高效益"的奋斗目标，在借鉴国际通行的项目法施工管理的基础上，结合工程特点，细化、完善了项目法施工管理体制。

公司先后出台了一系列切实可行的经营管理制度，在工程管理上采用计算机软件管理，实现了对项目法施工的全方位、全过程控制。

实行项目经理负责制，是实现达标投产的保证。项目经理与各工地主任层层签订责任状，对技术、质量、安全、进度实行全过程管理，在施工中发挥了重要作用。

按照蒙华海电的要求，内蒙古电建一公司海电项目部对蒙华海电工程提出了优质达标投产、争创精品工程的奋斗目标。

工程进点后，项目部首先成立了以项目经理为核心的质量管理体系，在质量管理上，他们按照"彻底消灭质量通病，严格执行现行的技术规范、验收标准，在确保内在质量的前提下，提高工艺水平和外观质量，在达标的基础上，创出精品工程"的质量方针，狠抓质量的过程控制，确保机组优质达标投产。

蒙华海电工程的焊接材料管理是质量控制的重点，他们严把焊接过程中的保管及焊后检验等环节。

对于碱性焊条，领用焊材前必须对所焊母材进行光谱复核，并出具光谱分析结果通知单。焊接完成后，检验部门再对所有合金焊口进行光谱分析，对焊接材料进行复查。

如此严格的质量管理，在蒙华海电工程中，焊接专业的 105 个分项工程，合格率 100%，优良率 100%，共完成受检焊口 1.5 万道，无损检验一次合格率 99.53%。

他们对内在质量如此严格，对商家提供的设备也不放过。在设备外观检查中，他们发现了汽包入孔处焊缝有深达 12 毫米的气孔裂纹，磨煤机轴瓦乌金大面积脱胎和夹渣，凝汽器隔板孔比铜管直径小，铜管无法穿入等 48 项较大的设备缺陷。

"零事故工程，创一流安全文明施工现场"是一公司蒙华海电项目部提出的安全管理的目标，他们实现了。

施工中，他们大力推广和使用危险点预控，将安全管理工作由传统的粗放型向科学化、标准化、规范化迈进，全力打造出安全文明施工的品牌工程。

他们在安全设施标准化上加大投入，保证在硬件建设上达到标准化、规范化。所有高空作业处全部采用全封闭式安全网，所有危险作业处增设水平安全绳。

海电工程共计敷设安全网 1300 余片，敷设水平安全绳 1500 米，架设软爬梯 1600 米，配备安全带 660 副，海电工程各项安全投入累计 200 余万元。

公司及项目部把安全管理工作当成施工的首要任务来抓，巡视现场时发现违章现象当场要求安监部门立即

施工建设

091

进行处罚整改，并在各种会议上讲当进度、质量与安全发生矛盾时，各工地和有关部门对安全管理必须无条件服从。

领导对安全工作的高度重视也极大地激发和鼓舞了安监人员的工作信心，所有安监人员在工作中敢于管理，果断处罚制止各种违章行为。

这些措施保证了整个施工现场始终处于全过程、全方位的安全监督，在施工现场安全管理上，不留死角，整个施工现场各种安全隐患全部消除在萌芽状态，真正做到提前预控，增强对施工工序的监督，现场发现问题现场解决，使每一个工程项目的中间环节均得到良好监控。

班组是企业的细胞，代表着企业的整体形象和基本素质。海电项目部班组建设起点高、标准高，本着向班组管理要安全、要效益的经营思路，使海电工程各项工作取得可喜的成绩。

海电项目部相继建立了"标准化班组建设目标管理体系"，制定出台了《班组建设责任制规定》等一系列规章制度，有效地规范了班组建设的目标、内容、方法。

他们在建章立制、优化班组各项工作的同时，把标准化班组建设的落脚点放在了努力完成各项施工任务上，以班组计划为主线，狠抓目标落实。

他们还在每一个班组建起了班组长日志、工地主任日志，制订出台了班组的月计划、周计划、日计划，使班组建设实现了科学管理，规范化运作。

班组站班会制度雷打不动，每天上班前5分钟，由班长查着装、查安全帽、查精神状态，交工作、交技术、交安全，使每一名职工都明白自己当天的工作和注意事项。

走进海电工地焊接高压班，只见桌椅对称整齐，喝水杯与安全帽各成一条线排列着，工具箱也是统一着装、整齐摆放。

门口的梳妆镜提醒大家，要以良好的精神状态完成当天的工作任务，石英钟和报刊栏告诉大家时间和学习的重要，两盆"万年青"的盆景，象征着高压班永远年轻。屋里窗明几净，给人以豁达、明亮的感觉，他们班又添置了饮水机，每一名班组成员都把这里当成了自己的家。

海电工地各班组的台账管理、目标管理、思想政治工作、民主管理等内容日臻完善，标准化建设正以规范、严谨、求实的理念向更高的目标迈进。

"全体参战人员是蒙华海电工程实现优质达标投产的力量源泉"，这是内蒙古电建一公司在蒙华海电工程建设实践中得出的结论。

千方百计、千言万语、千辛万苦催设备、跑协调，是他们坚韧不拔的精神写照；严寒酷暑，抢战水源管道，确保厂用授电，是他们敬业奉献的再现；不眠之夜是他们施工中的家常便饭；群策群力、同心同德是他们书写精品工程的缩影。

内蒙古电建一公司总经理刘支援说:"我们无论什么时候都要有一种精神,精神是克服和战胜一切困难的唯一法宝。"

2002 年的盛夏,乌海地区持续高温,连续 20 多天滴雨未下,地表温度达到了 40 摄氏度,加上工期日趋逼近,昼夜三班倒,工人们的适应程度几乎达到了极限。

锅炉工地负责人对那段日子一直记忆犹新:"蒙华海电工程进入伏天,施工现场最辛苦的要数锅炉工地的工人们了。无论天有多热,大件吊装过程中,我们的工人必须全副武装,安全配置一件也不能少。半高腰的翻毛皮鞋里袜子永远湿透,为防止伤着手,还得戴上一副厚厚的手套,头戴安全帽就更别说了,那帽带还得系得紧紧的;这么热的天,别说是钢架上干活儿了,就是让你穿上这身行头站一个小时也够你受的了。"

高高的锅炉,被长时间烤晒的钢架迸发出灼热的光焰。一个年轻的小伙子浑身系着安全带骑在滚烫的钢架上进行对接钢架,热得受不了时,只好不停地仰着脖子喝水。

有人问:"你们这样不停地喝水,到时想方便一下又得上下爬,不麻烦吗?"

工人们说:"虽然我们不停地喝绿豆汤和水,但一下午也不方便一次。"说着,他们拍拍已被汗水浸透的工作服,笑笑说:"都跑这来了。"

望着那上万件大小不均的钢体都已就位，可以想象他们流了多少艰辛的汗水。

中午时分，正是工人们收工的时候，可工地上做金相的师傅们又开始忙碌起来。中午是海电工地最热的时候，也是他们最忙的时候，因为他们只有等到现场没人施工的情况下才能进行金相光谱分析。

操作台与射线源直线距离只有 20 米的现场，他们平均每 5 分钟就要来回跑上一趟，不足 3 平方米的防射线的铅房，密封得像个桑拿房，最多时要容纳七八个人同时工作，热得人们简直连喘气都困难。

七八十斤重的 X 光射线机，小伙子们在现场不停地搬上搬下。抓紧每分每秒调整着角度和位置，一中午折腾下来，谁也没有了胃口。

在蒙华海电建设工地，内蒙古电建一公司与电建二公司同场竞技。

由于两公司共用一台百吨塔吊进行大件吊装，因此一公司大件吊装的速度将直接影响二公司的进度。

他们顾全大局，为保证兄弟单位和蒙华业主的共同利益，不惜牺牲自己的利益，把困难留给自己，蒙华海电领导作出决定，把退车时间锁定在 2002 年 4 月 15 日，务必完成。

当时正值海电施工现场风沙肆虐，吊装难度很大，设备到货又晚，项目部领导精心组织、合理安排，全体职工密切配合、全力以赴，不等不靠，积极主动，打破了内蒙古电建史上多项纪录。

他们创造了15天完成水冷壁组合及仅用7天时间完成吊装，超大超长设备汽包完成了从卸车、运输、吊装就位仅仅4天的惊人速度。终于实现了4月15日百吨塔吊退车的既定目标，展示出一公司良好的信誉和风范。

内蒙古电建一公司海电项目部卓有成效的工作得到了上级领导的高度评价。

内蒙古电力公司总经理赵凤山在2003年元旦最后一次现场办公会上，对一公司的工作给予充分的肯定。开会前，他特意找到项目部经理刘力杰，紧紧握住他的手说："你们辛苦了，谢谢！"

这短短几个字，对一公司全体参战人员是一个莫大的鼓舞和安慰。

开工建设构皮滩水电站

2003 年 11 月 8 日，余庆县构皮滩镇一片欢腾喜庆的节日景象。贵州省备受瞩目的"西电东送"标志性工程构皮滩大型水电站正式开工。

它标志着贵州省乌江流域梯级开发进入了新的开发阶段，同时也标志着贵州省实施"西电东送"工程取得新突破。

构皮滩水电站是贵州省历史上最大的水电站，超过长江上的葛洲坝电站，该电站以发电为主，兼顾航运、防洪及其他综合利用。因工程规模大、调节性能好、技术指标优越、地理位置适中，构皮滩水电站成为向广东送电的外区电源中条件最好的站点之一。

8 日下午，构皮滩水电站工地上红旗飘舞，彩球飞扬，锣鼓喧天。数千名各界群众、建设单位职工早早地聚集在会场内外，等候构皮滩水电站正式开工这一激动人心的历史时刻。

会场主席台两侧，"'西电东送'添新彩，重点工程展雄风""开发乌江水电，建设能源强省"等巨幅标语分外醒目。

国务院副总理曾培炎对构皮滩水电站正式开工非常关心和重视，给贵州省委、省政府专门打来电话，对构

施工建设

皮滩水电站正式开工表示热烈的祝贺。

14时，开工典礼正式开始。

贵州省委书记钱运录、省长石秀诗、省委企业工委书记段敦厚、省人大常委会副主任刘思培、省政协副主席李平、省政府秘书长王远海等省领导和中国华电集团公司党组书记、总经理贺恭，武警水电指挥部主任陈方枢少将，中国水利水电工程建设总公司总经理郭建堂等国家有关部门领导在前排就座。

副省长包克辛主持会议，并宣读国家发改委等国家有关部门发来的贺电。

贺恭代表中国华电集团公司做了讲话，他首先向贵州省委、省政府对构皮滩水电站建设的大力支持表示衷心的感谢。要求广大建设者们顽强拼搏，再接再厉，加强管理，安全生产，把构皮滩水电站建成优质工程。

石秀诗代表省委、省政府做了热情洋溢的讲话。他强调指出：

构皮滩水电站的开工建设，拉开了我省"西电东送"工程第二批电源项目建设的序幕，标志着我省"西电东送"工程又迎来新的建设高潮。我们要抢抓机遇，奋力拼搏，务必使"西电东送"工程不断取得丰硕成果。

15时，钱运录宣布构皮滩水电站工程正式开工。顿时，乌江两岸响起了震天的鞭炮声、雷鸣的掌声和人们的欢呼声。

接着，钱运录、石秀诗、段敦厚、刘思培、李平、贺恭、陈方枢、郭建堂、王远海等领导共同为构皮滩水电工程奠基。

会上，贵州乌江水电开发公司董事长戴绍良介绍了构皮滩水电站工程建设概况。

参加开工典礼的还有国务院国资委、国家电监会、国家开发银行、中国银行、中国农业银行、中国建设银行、长江水利委员会等国家有关部门领导和代表、省直有关部门负责同志，以及电站所在地贵阳市、遵义市、黔南州负责同志傅传耀、卢守祥等。

内蒙古开辟送电黄金通道

2004 年 9 月，国家电网公司副总经理陆启洲来到了内蒙古电力公司，对战斗在"迎峰度夏"一线的内蒙古电力职工表示亲切的慰问和感谢。

在 2003 年的"迎峰度夏"工作中，内蒙古在全天候缺电、系统平均限电 136 万千瓦的严峻形势下，采取有力措施，调控高耗能企业用电，在基本满足区内用电的基础上，确保了占北京高峰负荷五分之一的东送电力源源不断地注入北京负荷中心，成为华北地区"迎峰度夏"保卫战的主力军之一。

从 1989 年开始，内蒙古已成为我国最早实施"西电东送"的省区。为确保向北京安全送电，内蒙古电业人付出了艰辛的努力，作出了重要贡献。

1995 年 3 月，第一条 500 千伏线路投入商业化营运，虽然东送电力仅有 40 万千瓦的负荷，但标志着内蒙古超高压时代的到来。

承担东送电主力任务的内蒙古超高压供电局为确保向北京安全送电，他们牢固树立 500 千伏无小事的思想，狠抓各项管理，确保了向北京安全送电。

2003 年 11 月 6 日，入冬以来的第一场大风雪袭击了内蒙古中西部地区，在呼和浩特和林格尔地区引起了罕见的导线上下舞动现象。

在当时，蒙西电网正以日均 170 万千瓦的负荷全力保证北京冬季用电。这起罕见的导线大范围舞动，当即造成永圣域至丰镇一回 500 千伏线路连续跳闸。

超高压供电局生产人员根据测距赶到现场后，发现永丰二回 500 千伏线路 51 号塔塔材螺栓脱扣松动，引流线短接瓷瓶，空气间隙缩短，导致频繁对地放电，而且转角塔塔身扭曲，塔头在大风中晃动异常，这种状况持续下去，将有倒塔危险。

情况十分危急，超高压供电局立即调集抢修物资和人员，在最短的时间内实施抢修。

他们顶风冒雪，在严寒中连续奋战了 8 个小时，使险情消除，线路投运。

2004 年春节前一个冬夜，窗外大雪纷飞。值班员接到电话："丰万线开关跳闸，请迅速查找故障点。"

故障就是命令。6 名工人拿着手电筒消失在茫茫夜色中。此次执行任务要跨越 3 座大山、一个水库和长年水流不断的饮马河，地势非常恶劣。

大家焦急地行走着，当来到 18 号塔时，望着水流湍急漂浮着冰块的河面，大家讨论着："过还是不过？"

年轻的共产党员郭宏说："过！"他第一个走进河里，其余人相继而下。

大家越往前走，河水越深，冰块也越大，他们手拉手，拖着被河水冻麻木的腿一步步艰难前行。

终于上岸了，人们紧紧抱在一起，没有言语，只是一个信念：一定要查到故障点，确保向北京供电畅通无阻。

夜半时分，西北风卷着大雪使劲儿刮。他们像穿了两截炉筒子，硬邦邦地迈不开步，但脚下的步子却不曾停歇，就这样，他们走着、查着，终于找到了故障点，消除了隐患。

刘瑞是修试工区保护班的班长，自从当上这个兵头将尾的"官儿"后，他就没有好好在家待过。

2004年一次达乌线停电检修，刘瑞在现场一干就是3个月。其间，他年幼的儿子得肺炎住了医院，面对妻子三番五次的催促，刘瑞一次次地说："快了，干完活儿马上就回去。"可直到孩子出院了，他也没能回去。

五一放假，刘瑞的妻子来到工地，准备了一大箩筐的牢骚，但看到他们的工作之后，话到嘴边又咽了回去。5月的天气，人们都已换上了单衣薄衫，丈夫还穿着厚厚的毛衣毛裤，胡子长得像草一样，四目相视间，她理解了丈夫和他的工作。

刘瑞经常说："继电保护是500千伏线路的心脏，容不得半点疏忽。"

在电力系统保护专业中，王尚军小有名气。丰万二线是"西电东送"的通道，丰镇升压站丰万二线的调试工作意义重大。王尚军作为丰万二线调试的主要负责人，肩负着二次设备的调试任务，并承担现场管理工作，无论哪个环节出了问题，都将造成重大损失。

丰万线调试历时 3 个月，在这 90 天的时间里，王尚军带领修试工区的调试人员昼夜工作在现场，处理了一系列重大技术问题，由于他在专业上严格把关，管理上有条不紊，使启动工作一次成功。

在超高压供电局，像刘瑞、王尚军、郭宏这样的人不胜枚举，他们没有惊天动地的壮举，他们平凡得如同塔基旁的一棵小草，但他们却营造了"西电东送"的黄金通道，确保了向北京安全送电。

2004 年 8 月底，内蒙古电力公司累计向北京送电 58 亿千瓦时，7 月、8 月夏季负荷高峰期间，日均向北京多送电量 155 万千瓦时，有力地支援了北京度过夏季用电高峰。

内蒙古电力公司明确提出，2005 年再开工 8 项 500 千伏输变电工程，包括两回向北京送电的 500 千伏通道，使内蒙古西部电网与华北电网的联系更加紧密，同时适时增加东送电量，为首都北京经济建设提供更多的电力支持。

送电建设带动农民致富

2005 年 5 月的一天，云南一个偏远小镇漫湾镇，李玉庭大娘站在自家的院子里，正拿着喷壶给盆花喷水。

电站建起 20 年来，当地相继出现了许多像李玉庭这样的富裕家庭。

老伴黄茂新坐在旁边水龙头边的小凳上，一遍一遍地搓洗着衣服。三四岁的小孙女在水盆旁调皮地玩着水。

漫湾镇不大，却在云南颇有名气，镇上有 30 多家饭店，还有许多小商店，生意都不错。澜沧江上的漫湾水电站就在旁边，小镇得名于此，也成名于此。

水电站的办公区，就在李玉庭家院子的正对面。云南 2004 年向广东输送电力 70 亿千瓦时，主要是水电。在云南，第一度的"西电东送"就是从漫湾电站送出的。

李玉庭逢人就说："漫湾镇有今天的繁荣，全赖这座水电站。20 多年前这里还是一片荒山……以前这里根本没什么村镇，就是一条国道沿着澜沧江延伸，路边都是田地。那时我们一家还住在山上。"

1975 年，这里来了一批勘测队员，当地人听说要在江上建电站。

1983 年，选址确定了下来。在道班工作的黄茂新信息灵通，他意识到这里将有发展机会，便说动老伴李玉庭率先搬下山，在公路边建房住了下来。

黄茂新说："当时周围冷清得很，晚上能听到老虎豹子的叫声，我连门都不敢出。"

随着一批批电站建设者的到来，这个以前人烟稀少的地方，逐渐变得热闹起来。李玉庭和丈夫瞅准机会，开了间杂货店，生意还真不错。

1985年，李玉庭和丈夫扩充店面，开了一家饭店，两人名字各取一字，就叫"新庭饭店"，这是靠近水电站和国道边的第一家饭店。

后来，镇上的饭店陆续开了20多家。

儿女都到外地工作了，随着年龄的增加，老两口便萌生了退意。2002年，两人把饭店租给了别人。他们住的是一座两层小楼，宽松得很，但老两口都不愿出租。李玉庭说："家里不缺吃穿不缺钱，只想图个清静。"

在漫湾镇，和李玉庭家一样随着电站建设富裕起来的家庭到处都是。

相对于李玉庭老两口，不远处"八达饭店"的老板李文春只是后来者，他原在忙怀乡供销社工作，1996年7月下定决心辞了吃皇粮的工作，来路边开了间小饭店。10年不到，他从这间简朴的小店起家，发展成了两层楼几十个房间的店面。

原来这里只是一片封闭的山区，李文春的思路也一样封闭。一批批电站建设者吃住在这里，也带来了新鲜空气，山里人的旧观念也改变了。

这个山间江畔的小镇上，到处洋溢着勃勃生机。一位镇民颇为这一点自豪，他说："现在有人不知云南有个临沧市，不知临沧有个云县，但他们知道有个漫湾镇！经常有国内外的游人来到澜沧江边游玩，到漫湾电站走一走，晚上就住在漫湾镇。"

漫湾镇地处临沧、思茅和大理的交界处，偏远幽僻。但电站的建设唤醒了这片深山大川，该镇镇长徐家应说："道路通了，人流多了，观念变了，经济活了。"

漫湾镇出了名，电站建成后，10公里范围内一下子冒出了两个漫湾镇，与水电站邻近的思茅市景东县和临沧市云县都向国务院申请了"漫湾"镇名。

同样戏剧性的变化不只漫湾独有，不远处的大朝山镇也是这样。因为大朝山水电站的建设，在景东县和云县出现了大朝山东镇和大朝山西镇。

正在建设的小湾水电站也同样如此，在临沧凤庆县有个小湾镇，在不远处的大理南涧县还有个小湾东镇。

云县主管经济的副县长王德安说："临沧市7县一区，一个云县就占全市财政收入的三分之一。云县今年计划财政收入将达3亿元，主要就是电站的功劳！"

陕西开辟送电工程新通道

2006年7月21日，陕西神木电厂锦界煤矿煤电一体化项目现场，人们看到恢宏的电厂主厂房、高大整齐的空冷立柱、施工有序的脱硫塔、已具雏形的煤炭传输线路，不由得感到异常振奋。

陕西神木电厂锦界煤矿煤电一体化项目是当时国内最具典型意义的"煤电一体化"建设项目，是陕西省首个"西电东送"北通道的电源点启动项目，也是陕北能源化工基地建设的标志性工程。

这一项目的建设，不仅开辟了"西电东送"的新通道，也为解决现阶段煤炭和电力两个行业的矛盾探索了一条改革之路。

我国是产煤大国，但煤炭的附加值一直偏低，且污染较为严重。锦界煤电一体化工程在产煤地采用高技术、新设备，建设火力发电厂，高效率、大规模地实现了煤的就地二次转化，变长距离运煤为输电，大幅度提高了煤的附加值。

这不仅有利于当地经济发展和环境保护，而且符合我国能源产业的发展方向，保证了对能源的安全、节约利用，达到了电、煤之间的效益平衡，是集经济效益、社会效益、生态效益于一身的亮点工程。

锦界煤电一体化项目由神华集团国华电力公司控股投资，电厂规划容量为 6×60 万千瓦，煤矿年产原煤1000 万吨。

神华集团负责人说："一期工程计划明年年底投入商业运营。一、二期工程建成后，可就地将 500 万吨煤炭转化成 130 亿千瓦时优质电，通过 432 公里的 500 千伏线路输送至河北南网，开辟'西电东送'的新廊道。"

锦界煤电一体化项目是一个真正的坑口电厂。人们到了项目建设现场才明白这样讲的道理。

这是因为，煤矿出煤口距离电厂不足 500 米，原煤出井口通过带式输送机直接送至电厂主厂房原煤仓。而且煤、电同属于一个项目法人开发经营，在这里煤炭是原料，电是产成品。

这样，就不仅实现了煤的就地转化，减少运输压力和环境污染，而且由于延长了产业链，煤的附加值成倍提高，实现了煤变电的低成本、高效益。

该项目建设单位，陕西国华锦界能源有限责任公司副总经理靳华峰给大家算了一笔账："在神木，每发一度电，煤的成本约占 0.03 元；到了河北，每发一度电，煤的成本就上升到 0.11 元。煤电一体化项目成本低的优势十分明显。"

公司总经理王建斌告诉大家："目前在陕北当地，吨煤产值为 150 元左右。由煤变电，产值就增加到近 700元，工业附加值提高近 5 倍，这还不包括产业链的延长对于当地第三产业的拉动作用。因此，煤电一体化对煤炭附加值的提高不仅仅体现在项目内部的效益上，更体现在对地方经济的促进上，体现在对于国家资源的综合利用上，可以说是全方位的高产出、高效益。"

王建斌接着说："这个项目还有一个重大意义：煤、电由一家企业开发经营，把煤炭供需的市场风险消化在了企业内部。"

煤电一体化建设经营模式，有效地消除了"市场煤"和"计划电"之间的矛盾，变长距离输煤为输电，不仅经济划算，而且清洁、高效，保证了对能源的安全、节约利用，实现了电煤间的效益平衡。

这个项目最突出的特点是电厂机组全部采用直接空冷技术，全部加装烟气脱硫装置。这使每台机组投资增加近3亿元，投产后运营成本也相应增加。

项目建成发电时，炉底渣将作为当地路堤填料、路面基层材料或掺和料；电除尘飞灰将作为当地修筑高速公路的掺和料；研磨细的粉煤灰将用于水泥的骨料或作为轻质保温建筑材料的基本原料。这将带动整个锦界工业园区循环经济的发展。

建设新疆"西电东送"通道

2007 年 9 月 28 日，新疆召开新型工业化建设工作会议，中共中央政治局委员、新疆维吾尔自治区区委书记王乐泉表示：

> 新疆正加紧建设"西电东送"战略通道，让新疆得天独厚的煤炭资源转换为电能，尽快实现"西电东送"。

王乐泉说："短短几年时间，山东鲁能、神华、国投集团等一大批有战略眼光的大企业集团纷纷介入新疆煤电煤化工产业发展，显示出极好的发展前景；欢迎更多有实力的大集团、大企业参与新疆的煤炭资源开发利用。"

新疆煤炭资源丰富，价格要比其他省（区）相对便宜，但由于进出新疆铁路运力紧张，即便乌鲁木齐铁路局几度调整运能试图缓解运输瓶颈，也未能满足日益增长的客观需求。

王乐泉认为："从当时的情况看，煤化工产业将是新疆今后一个时期最能在短时间内形成规模和水平的产业。"

王乐泉说："目前新疆正加快建设哈密至兰州双回750千伏超高压输变电线路，力争早日启动新疆至华中地区特高压输电线路建设，为'西电东送'创造条件。"

2007年，新疆超高压电网提前开工建设，到2010年建成新疆骨干电网，实现与西北联网。同时，2007年新疆实现全新疆户户通电。

王乐泉说："统计显示，新疆煤炭储量达两万亿吨，约占中国煤炭资源的40%，而目前新疆煤炭年产量只有4000万吨左右，同时，新疆煤炭还具有热值高、开采方便的特点，非常适合发电低成本、供电低价位的实现。"

2009年8月3日，继石油天然气之后，新疆第二大工业煤电煤化工产业快速崛起。在准噶尔盆地东部，新疆"西电东送"工程第一站准东煤电基地正在加紧建设。

华能阜康热电联产工程是华能集团在准东兴建的第一个火电项目，主要为新疆"西电东送"工程提供电力支持。

项目计划部主任杨云发介绍说："目前主厂房已经基本接顶，预定今年年底第一台机组就要投产发电。"

准噶尔盆地东部是新疆四大煤炭富集区之一，已探明煤炭储量相当于当时全国煤炭年产量的100倍。

准东煤电煤化工产业带被新疆列为率先开发的煤电煤化工产业基地和"西电东送"工程的首站、重点地区。

王乐泉说："新疆离内地很远，现在有了特高压、超高压输变电技术，新疆的煤可以变成电输到内地，所以新疆的煤炭资源派上大用场的时间已经为时不远了。"

当时，准东煤电煤化工产业带各项基础设施、配套服务建设已基本就绪，已有 4 个项目建成投产，另有 7 个煤矿、11 个煤电、煤化工项目正在建设中。

新疆昌吉州煤电煤化工产业发展领导小组办公室主任刘春生说："将准东建设成全国重要的煤电煤化工基地为时不远。"

后来，昌吉回族自治州有关部门负责人介绍准东煤电煤化工基地建设情况，记者感觉那里就像是一个鼓乐铿锵、旌旗猎猎、刀枪剑戟一并派上用场的火热的战场。

昌吉州准东煤电煤化工产业发展领导小组办公室负责人对记者说："国内五大电力龙头，42 家大企业、大集团全都会聚准东。"

贵广二回直流工程开工建设

2008 年 1 月 5 日，国家重点工程、南方电网"十一五""西电东送"骨干项目贵州至广东第二回 500 千伏直流输电工程双极投产仪式在深圳举行。

有关人士在现场表示，该工程的建成投运使"西电东送"又上了一个大的台阶，对于进一步深化国家"西电东送"战略的实施，保证广东特别是深圳、东莞负荷中心区域的电力供应，支持深圳建设"具有中国特色、中国风格、中国气派的国际化城市"，促进贵州建设水火互济的能源基地，具有十分重要的意义。

这是我国第一项直流自主化依托工程，实现了国家确定的综合自主化目标，标志着我国电力行业重大技术装备国产化工作取得了重要突破。

广东省副省长佟星、贵州省副省长孙国强、国家电监会总监谭荣尧在仪式上讲话。

佟星说：

南方电网公司为保障广东经济社会发展作出了重要贡献，得到了社会各界的广泛认可，我代表广东省委、省政府向南方电网公司表示衷心感谢。

孙国强表示：

> 贵州将以科学发展观为指导，坚定不移地实施"西电东送"战略，作为贵州摆脱贫困走向富裕的重大战略，认真落实好"十一五"黔电送粤框架协议的要求。

广东省总工会巡视员廖文正宣读了全国总工会关于按程序授予贵广二回直流输电工程项目实施单位中国南方电网超高压输电公司"全国五一劳动奖状"的决定。

各参建单位代表参加了仪式。

中国南方电网公司党组书记、董事长袁懋振在仪式上表示：

> 公司将以党的十七大精神为指引，深入贯彻落实科学发展观，继续推进"西电东送"战略的实施，加快电网发展，做好安全供电，努力建设"责任南网、和谐南网"，为5省、区全面建设小康社会作出新的贡献。

公司总经理赵建国主持了仪式。

公司总部有关部门和直属机构、超高压输电公司、广东电网公司、贵州电网公司负责人参加了仪式。

当日，领导和嘉宾一行还现场参观考察了深圳换流站。

贵广二回直流工程西起贵州省黔西南州兴仁换流站，东至广东深圳市宝安换流站，线路全长1194公里，2005年6月开工建设，2007年6月单极投产，12月双极投产。

在工程建设过程中，国家有关部委、广东、贵州以及沿线各级政府给予了多方面的关心和支持，参建各方密切配合，克服种种困难，创造了从"三通一平"到单极投运仅用24个月的世界纪录，很好地控制了工程安全、质量和投资。

贵广二回直流工程是我国第一个直流输电自主化依托项目。南方电网公司充分发挥企业作为自主创新主体的作用，贯彻"以我为主、联合设计、自主生产"的原则，协同科研、设计、制造、建设等单位，成功完成了工程的系统研究、成套设计、主要设备制造等任务，实现了综合自主化目标。

特别是调试工作是国内第一次独立开展的大型直流工程系统调试，单极一投运就带满150万千瓦负荷稳定可靠运行，在2008年广东的"迎峰度夏"中发挥了重要作用。

2007年12月3日零时5分，贵广二回直流输电工程双极解锁成功。这标志着南方电网搭建的"西电东送"大动脉累计长度突破一万公里，最大送电能力达到1650万千瓦，是2002年年底的4.5倍，年均增长35%。

在骄人的业绩面前，南方电网超高压输电公司党委书记魏善淇深有感触地说："我们是一年干了两年的活儿，每年加班100天，创造的'第一'一长串。超高压的职工，强的是精神，多的是责任。"

1990年，中国南方电力联营公司正式挂牌是"西电东送"建设的起点，此后历经国家电力公司南方公司、中国南方电网有限责任公司二次改制，一个区域性的电力联盟共同体逐渐成长，并越来越清晰地勾勒出"责任南网、和谐南网"的优美轮廓。

自1994年以来，"西电东送"9条大通道相继投运，贵州、云南质优价廉的电力资源源源不断送往广东，将资源优化配置、优势互补、互利互惠落到了实处。

2002年12月29日，中国南方电网有限责任公司正式挂牌成立。

2003年2月，为更专业地建设、管理、运营和维护南方电网跨省骨干网架和重要联络线，超高压公司重装上阵。作为南方电网的分公司，超高压公司沿着"西电东送"战略大踏步前进。

参与流程优化的小组成员们风趣地说："我们干的活儿就是制造最便捷的'傻瓜相机'，把每个作业环节打成颗粒，提高解像度，找出短板，然后进行重组和优化。"

中国南方电网公司坚决贯彻中央的各项部署，认真落实科学发展观，秉承"对中央负责，为五省、区服务"的宗旨，各方面都取得了长足的发展。

5 年来，公司累计完成电网建设投资 1645 亿元，超过了新中国成立以来到 2002 年年底的投资总额，电网的规模翻了一番，负荷翻了一番，售电量、销售收入也翻了一番。

南方电网已经形成"六交四直" 10 条"西电东送"大通道，最大输电能力是 2002 年年底的 4.5 倍。

2007 年"西电东送"的电量是 2002 年的 4.3 倍。

5 年来，西电送广东电量累计达到 2435 亿千瓦时，西电占广东全社会用电量的比例也成倍增长，已经成为广东电力供应不可或缺的重要组成部分，对广东解决能源约束问题、调整电源结构、平抑电价、保护环境发挥了重要作用。

同时，西部地区投资建设了一大批电源和电网项目，带动了当地煤炭开采、交通运输以及有色金属等资源型行业的发展，增加了就业和财税收入，促进了经济社会快速健康发展，实现了东西双赢。

公司正在建设世界上第一个 800 千伏直流输电工程云广特高压直流示范工程。

公司负责人表示：

到"十一五"末，将形成"八交五直" 13 条"西电东送"大通道，西电送广东最大电力将达到 2240 万至 2440 万千瓦。

南方电网将在更大的范围内、更高的层次

上优化能源资源配置，不断巩固和发展东中西互联互动、优势互补、协调发展的多赢格局。

2009 年 9 月，国家发改委表示，批准了中国西北地区两条超高压电力线的建设工程，即新疆维吾尔自治区 750 千伏电力传输线路和内蒙古自治区 500 千伏线路。

这次新疆和内蒙古的电网建设，实际也在国家电网规划中的第二批建设项目中。

前后不同的是，此前国家发改委批准的并未直接涉及西电东送的线路问题，而此次工程的上马直接推动了"西电东送"进入中国超高压电网建设的新阶段。

本书主要参考资料

《西电东送工程区域效应评价》 陈秀山主编 中国电
力出版社

《西部大开发与水资源保护》 罗小勇主编 中国水利
水电出版社

《西部大开发重大问题与重点项目研究·贵州卷》 王
金祥 姚中民主编 中国计划出版社

《西部大开发重大问题与重点项目研究·云南卷》 王
金祥 姚中民主编 中国计划出版社

《西部大开发重大问题与重点项目研究·内蒙古卷》
王金祥 姚中民主编 中国计划出版社

《西部大开发重大问题与重点项目研究·新疆卷》 王
金祥 姚中民主编 中国计划出版社

《西部大开发重大问题与重点项目研究·四川卷》 王
金祥 姚中民主编 中国计划出版社

《西部大开发重大问题与重点项目研究·陕西卷》 王
金祥 姚中民主编 中国计划出版社